Frank Göhre

Mo

Der Lebensroman des Friedrich Glauser

Unionsverlag
Zürich

Die Originalausgabe erschien 2008
im Pendragon Verlag, Bielefeld.

Im Internet
Aktuelle Informationen,
Dokumente, Materialien
www.unionsverlag.com

Unionsverlag Taschenbuch 466

Rieterstrasse 18, CH-8027 Zürich
Telefon 0041-44-283 20 00, Fax 0041-44-283 20 01
mail@unionsverlag.ch

Reihengestaltung: Heinz Unternährer, Zürich
Umschlaggestaltung: Peter Löffelholz, Zürich
Umschlagbild: Gotthard Schuh
Druck und Bindung: CPI – Clausen & Bosse, Leck
ISBN 978-3-293-20466-9

Die äußeren Zahlen geben die aktuelle Auflage
und deren Erscheinungsjahr an:
1 2 3 4 5 – 12 11 10 09

Vorbemerkung

Friedrich Glauser war seit früher Jugend süchtig. Zeitlebens war er vom Morphium beherrscht, vom »Mo«, wie er es nannte. Von seinen 42 Lebensjahren verbrachte er über acht Jahre in Irrenhäusern, psychiatrischen Anstalten und Kliniken. Dort interniert schrieb er seine ersten *Wachtmeister-Studer*-Romane. Sie begründeten seinen Ruf als Vater der deutschsprachigen Kriminalliteratur.

Mo – Der Lebensroman des Friedrich Glauser ist eine literarische Annäherung an diese Vatergestalt. Glausers Romane und Erzählungen, seine autobiografischen Berichte und seine Briefe spiegeln ein bewegtes Leben wider, das eine ebenso faszinierende wie tragische Suche nach innerer Ruhe, nach Beständigkeit und dem verzweifelten Wunsch ist, »doch ein wenig anders leben« zu können.

Ich gehe Glausers Wegen nach, begebe mich auf seine Spur, erkunde die weißen Räume zwischen den biografischen Fakten des wissenschaftlich hervorragend dokumentierten Lebens von Glauser. Ich zeichne das Bild eines in sich Verstrickten, eines Umtriebigen, spüre den Möglichkeiten und Wirklichkeiten eines gelebten Lebens nach, sehe in Glauser meinen Zeitgenossen. Das Faktische der Biografie öffnet sich der Fiktion und umgekehrt, wird zu einer Variation, zum Roman einer Lebensgeschichte voller Brüche und Lücken. Im Roman befreit sich Glausers Geschichte von der strengen Chronologie des faktischen Lebenslaufes und geht möglichen anderen Verästelungen nach.

Ohne die von Bernhard Echte vorgelegte und ausführlich kommentierte Edition des Gesamtwerks von Friedrich Glauser wäre das Schreiben des Romans nicht möglich gewesen. Ihm vor allem habe ich zu danken.

Großen Dank aber auch an Monika Treut für das »Mo«, an Peter Weismann für beratende Begleitung und kritische Lektüre des Manuskripts, an den Kollegen Peter Zeindler, der den entscheidenden Anstoß für diese Arbeit gab, an die SWR-Hörspiel-Redakteurin Uta Maria Heim, die mich zu weiteren Variationen über Glausers Leben motivierte, an meinen Verleger und Lektor Günther Butkus für all seinen Zuspruch und seine Unterstützung und an meine Frau Eva für weitaus mehr als Rat und Tat beim Schreiben dieses Romans.

Frank Göhre

Die ganze Geschichte ist hochgradig unschweizerisch, dachte Studer dunkel, obwohl alle Handelnden Schweizer sind.

Friedrich Glauser, *Die Fieberkurve*
Geschrieben im Dezember 1935,
in der Heilanstalt Waldau bei Bern.

Fort, nur fort, weit weg …

Er lockerte die Schlinge, ließ das Stück Kordel achtlos zu Boden fallen. Hitze schoss durch die Venen, sein Herzschlag beschleunigte sich.

Im vorderen Raum trommelte der Gnom auf bleiche Schädel.

Und die kleine Frau sang. Sie sang *Man kann mitunter scheußlich einsam sein …* Sie sang mit brüchiger Stimme.

Gläser klirrten, Stühle wurden gerückt. Einige Leute verließen die Soiree. Es war spät geworden, weit nach Mitternacht.

Auch er brach jetzt auf, steckte die Spritze ein und warf sich den Mantel über. Es war ein heller, dünner Mantel, sein einziger.

Draußen wehte ein unangenehmer Wind. Finster war die Straße, wie ausgestorben die Stadt.

Zürich, satt und bieder. Und doch auch Unterschlupf für Flüchtlinge aller Nationalitäten, für Deserteure und Pazifisten, für Anarchisten und die künstlerische Avantgarde. Selbst für jemanden wie ihn.

Ihm war ein wenig schwindelig. Der Himmel still und leise … *dann nutzt es nichts, mit sich nach Haus zu fliehn,* klang es noch in ihm nach: *Nach Haus, nach Haus …* Das Gehen fiel ihm schwer, sein Herz pochte wie verrückt. Er glaubte zu wissen, warum es diesmal so war. Er hatte auf der Bühne den Vater heraufbeschworen und ihn des großen Krieges beschuldigt, des infernalischen Gemetzels, der gnadenlosen Vernichtung. Ausgespien hatte er vor ihm, hatte getobt und gerast, und der Gnom hatte dazu Purzelbäume geschlagen und gejammert und gequäkt.

Papa! Papa!
Hat tot gemacht
auch die Mama!
Ma chère Maman!

Und nun saß ihm der Alte im Nacken und stieß ihm hart die Fersen in die Seiten, Schnapstränen im langen Bart. Seine Lungen schmerzten, jeder Schritt eine Tortur. Sein Körper, sein ganzer Körper glühte, und er keuchte … *dann … dann nützt es nichts … nützt es nichts, mit sich nach Haus … nach Haus zu fliehn, und … und falls man Schnaps … Schnaps zu Haus hat, Schnaps zu nehmen …* nein, nein.

Ja, ja. – Dada.

Mama, Mama. Ma chère Maman.

Die liebe Mutter. Sie hatte ihn so sanft gewiegt: *Hat der Bub wieder Angst?* Diese Angst, ja, wenn eine Wolke die Sonne verdunkelte und das Atmen ihm Mühe machte.

Er blieb stehen, stützte sich am Geländer ab und versuchte, ruhig und tief durchzuatmen. Es gelang ihm nicht. Er musste husten, schmeckte Blut im Mund.

Ihm war jetzt kalt. Eine eisige Kälte. Ein Zittern überkam ihn, und er glaubte, dass er sich nun auflöse, auseinanderfiel und seine blanken Knochen auf dem Pflaster umher tanzten. Ein Totentanz im hell auflodernden Höllenfeuer. Ein böser Schub, angefacht von dem ihm ins Ohr zischelnden Vater: *Herumtreiber! Lump! Lügner! Dieb!* Dann spürte er nur noch einen kurzen, stechenden Schmerz in den Schläfen, und schlagartig wurde ihm schwarz vor Augen. Er brach auf dem Limmatquai in sich zusammen.

Es war die Nacht zum Sonntag, dem 29. April 1917.

»Er wacht auf«, hörte er. »Er kommt wieder zu sich.«

Er öffnete die Augen, hob den Kopf. Blickte in das Gesicht der kleinen Frau. Sie lächelte. Der hagere Großmeister stand von seinem Schreibtisch auf. Er trat zu ihm ans Bett und nickte.

»Ich habe eine Suppe auf dem Herd«, sagte die kleine Frau. »Magst du?«

»Gib ihm erst einmal Wasser«, sagte der Hagere. »Er muss ja völlig ausgetrocknet sein.« Er zog sich einen Stuhl heran. »Du hast Glück gehabt, dass wir dich da haben liegen sehen. Wenn dich die Polizei so aufgefunden hätte, wärst jetzt schon weggesperrt. Sieh dir nur deinen Arm an.«

»Nun schimpf nicht gleich«, mahnte die kleine Frau. »Der Claus hatte sicher wieder starke Schmerzen.«

»Er hat sich an das Zeug gewöhnt. Es wird ihn noch umbringen, wenn er so weitermacht.« Der Hagere rückte näher zu ihm ans Bett und griff nach seiner Hand. »Hör zu«, sagte er eindringlich. »Eine Lungenentzündung, auch eine schwere, geht allemal mit den üblichen Mitteln vorbei. Es dauert einige Zeit, ja, und vor allem musst du dir Ruhe gönnen. Ich hätte dir den Auftritt verbieten sollen – ach, was heißt verbieten. Wir beide haben viel zu wenig miteinander geredet. Über persönliche Dinge, meine ich. Das muss ich mir vorwerfen. Denn dass dich ohnehin viel drückt, das hab ich ja sehen können. Aber gut, es ist noch nicht zu spät.« Er wartete, bis die kleine Frau mit dem Glas Wasser kam. »Ich bin mit der Lilly übereingekommen, für einige Zeit aus Zürich weg zu gehen. Wir wollen ins Tessin und wären froh, wenn du dort bei uns wärst.«

Ins Tessin. In die Sonne, ins Licht.

Er nahm einen großen Schluck. Die kleine Frau hielt ihm das Glas, und er spürte ihre Hand. Er nickte matt.

Nach dem Nachtessen kam sie noch einmal zu ihm. Sie streifte ihre Schuhe ab.

»Rück ein wenig beiseite«, sagte sie.

»Ach, Lilly«, sagte er leise.

»Halt mich – bitte«, bat sie. Sie schmiegte sich an ihn.

Und so lagen sie eng beieinander und schwiegen. Es schien ihm eine Ewigkeit zu sein.

»Du musst keine Angst haben«, sagte sie schließlich. »Ich bin frei bei allem, was ich tue.« Sie küsste ihn.

Sie küsste ihn immer und immer wieder, bis auch er sie verlangend umarmte, ihr half, sich aus dem Sweater zu winden und den Bund ihrer weit geschnittenen Hose zu öffnen. Sie strampelte sie von sich, und er stemmte sich hoch und schloss die Augen. Danach aber hielt es ihn nicht länger im Bett.

Er sprang auf und kramte in seinen Kleidern nach dem Tabakpäckchen.

»Warte«, sagte Lilly. »Ich hab noch was für uns.«

Sie huschte auf die Toilette. Er folgte ihr, nackt wie er war.

Sie hatte schon die silberne Puderdose in der Hand und öffnete sie.

»Setzen Sie sich doch«, sagte der gut gekleidete Herr. »Wir müssen uns ja nun erst einmal kennen lernen. Diese Papiere –« Er schnaubte abfällig und schob die Akte beiseite. »Ich lese so etwas immer wieder, und jedes Mal sage ich mir, so kann man doch nicht über einen Menschen urteilen, einen offenbar hilfsbedürftigen gar. Das ist – ich möchte sagen, das ist unanständig.«

»Ich habe alles bestätigt«, sagte Claus. »Aus freien Stücken«, fügte er hinzu.

»Die Fakten, nun ja. Aber es wird doch Gründe gegeben haben. Niemand kommt als Dieb auf die Welt, oder?«

»Nein, gewiss nicht. Ich hatte Not.« Er nahm nun Platz. Es war ein gepolsterter und mit lindgrünem Stoff bezogener Stuhl. Die Lehnen waren aus braunem, glatt poliertem Holz. Und ebenso glänzend war der wuchtige Schreibtisch, an dem der gut gekleidete Herr saß, ein Herr Doktor, der laut Schreiben des Bezirksrats Erster Amtsvormund der Stadt Zürich war. Ein angenehmer Mann, fand Claus. Er wollte offen zu ihm sein und nichts beschönigen.

»Obwohl«, schränkte er sogleich ein, »für die Studienbücher hat man mir nichts abverlangt. Man war sich sicher, mein Vater begleiche die Rechnung. Ein Missverständnis.«

»Ihr Herr Vater, ja, ja. Er ist Ihnen nicht gerade wohlgesonnen, Frédéric – pardon, darf ich Frédéric sagen? Oder ist es Ihnen lieber, wenn ich förmlich bleibe?«

»Frédéric oder auch Fred ist mir recht. Nur Friedrich nennt mich kaum jemand. Das ist – ich weiß nicht, es ist mir schon immer fremd gewesen. Selbst meinen deutschen Freunden geht es nicht über die Lippen. Für sie bin ich der Clauser – mit weichem C, der Claus, nun ja.« Er lächelte versonnen. »Aber halten Sie es, wie Sie wollen«, sagte er dann. »Ja, der Herr Vater hegt einen Groll gegen mich. Er kann wohl nicht anders.«

»Wie meinen Sie das?«

»Er ist tief in seinem Innersten schwach, auch nur so ein armer Hund. Aber das lässt er nicht zu, nicht bei sich und schon gar nicht bei seinem einzigen Sohn.«

»Hm, hm«, machte der Doktor. Er zog nun doch wieder die Akte zu sich heran.

»Einmal, nur ein einziges Mal hab ich ihn weinen sehen«, sagte Claus noch. »Da war die Mama gestorben, und er hat mich auf seinen Arm genommen und – darf ich rauchen?«

»Ja, selbstverständlich. Aber reden Sie weiter.«

Claus drehte sich geschickt eine Zigarette, feuchtete das Blättchen an.

»Ich habs bis heute nicht vergessen«, sagte er. »Weil – es erklärt vielleicht, warum er seitdem ständig hinter mir her ist.«

»Ja?«

»Ich hab ihm damals versprechen müssen, dass wir für immer zusammenbleiben.«

Der Doktor blätterte rasch in den Papieren.

»Beim Tod Ihrer Mutter, Ihrer Frau Mutter, da … da waren Sie gerade mal vier.«

Claus nickte. Er zündete die Zigarette an, nahm einen Zug und konnte ein arges Husten nicht unterdrücken. Der Doktor hob fragend die Augenbrauen. Doch bevor er etwas sagen konnte, klopfte es an der Tür.

Seine Vorzimmerdame kam zu ihm und tuschelte ihm etwas ins Ohr. Der Doktor seufzte.

»Pardon«, sagte er. »Entschuldigen Sie mich einen Moment, Frédéric. Ein … eine Familienangelegenheit.« Er folgte der jungen Frau, zog die Tür hinter sich zu.

Claus wartete noch einen Moment. Dann stand er auf und griff sich die Akte. Die Zigarette im Mundwinkel überflog er die Schreiben.

Dr. phil. Charles Glauser, Mannheim … An die Buchhandlung … las er. *An den Advokat … an die Justizdirektion … die Polizeistation … Rapport … Rapport vom …*

Ein Rapport! Das Protokoll eines Polizeisoldaten …

… kam 1916 nach Zürich … wohnte zuerst bei … ging erst noch seinen Studien nach … aber auffallend viele ›Freitage‹ … nachts in leichtsinniger Gesellschaft … Unregelmäßigkeit seiner Lebensweise … das Logis gekündigt … verzog sich … tat gar nichts mehr … machte Kleintheaterbesuche … in 34 Tagen 500 Fr. verbraucht … nicht mehr im Stande, sich Geld zu

beschaffen … Damenbesuche … Zimmerverunreinigung … verbrannte einen Tischüberwurf … führt ein sehr leichtfertiges Leben … wenn keine anderen Geldquellen, werden Betrügereien folgen … Ihm stockte der Atem.

Eine Überwachung. Eine Bespitzelung, veranlasst vom Vater.

Der Zigarettenrauch brannte in den Augen. Die Augen tränten. Asche fiel auf das Parkett.

Claus drückte die Zigarette aus. Er legte die Papiere zurück auf den Schreibtisch. Seine Hände zitterten. Aufgewühlt trat er ans Fenster und sah hinaus.

Weit hinten am Horizont zeichneten sich die Berge ab.

»Das macht zumindest ein wenig Hoffnung«, sagte der Doktor zu seinem Gegenüber.

»Ja«, bestätigte der. »Er könnte durchaus ein respektables Stück Prosa zu Stande bringen. Das Zeug jedenfalls hat er dazu. Dieses Manuskript, das Sie mir haben zukommen lassen – nun, da sind Personen und Handlung im Ansatz doch schon recht individuell und auch sehr plastisch geschaut. Die Kleinmalerei vieler Stellen ist sogar ein heller Genuss, und im leichten Fluss der Sprache hat sich Ihr Schützling sehr vorteilhaft von den Franzosen beeinflussen lassen. Apropos Franzosen – sagt Ihnen der Bordeaux zu?«

»Er ist vorzüglich«, sagte der Doktor. Er tupfte sich die Lippen ab und griff nach seinem Glas. Sein Gegenüber nickte.

»Man hat hier auch eine hervorragende Käse-Auswahl«, sagte er. »Sie erlauben?« Er signalisierte schon der Bedienung, den Wagen heran zu rollen.

Die beiden Herren saßen am Fenstertisch des alten Bürgerhauses mit Blick auf die Limmat. Sie hatten Schnecken, Rösti mit Kaviar und Crème fraîche sowie ein Chateaubriand auf Béarner Art verspeist, und der Doktor hatte bereits insgeheim überschlagen, was ihn die Einladung kosten würde. Es war ein stattlicher Betrag. Aber gut. Wenn er seinen Gast dazu bringen konnte, ihm dafür ein positives Gutachten anzufertigen, hatte es sich womöglich gelohnt. Er beschränkte sich jetzt allerdings auf etwas Roquefort. Sein Gegenüber wählte mit Bedacht drei verschiedene Sorten aus, die ihm mit Trauben, Walnüssen und einem Schälchen Honig serviert wurden.

»Doch wie gesagt«, nahm er den Faden wieder auf. »Der Dichter von der mitreißenden Leidenschaft der Seele muss sich bei ihm noch mehr offenbaren. Und dazu gehört auch ein gerüttelt Maß an Fleiß. Sehen Sie, bei einem Meisterwerk, einem größeren Werk überhaupt, geht es nicht nur um die Eingebung, die Fantasie. Da müssen auch die richtigen Worte gefunden werden. Oft ist es nur eins, ein Einziges, das die Melodie eines Satzes vollkommen macht. Das kostet Mühe, das ist ein ständiges Ringen mit sich – und nur mit sich, mit sich allein. Eine gewaltige Anstrengung, verstehen Sie?«

»Ich glaube schon.«

»Ihr Schützling braucht dazu viel Kraft.«

»Ja«, sagte der Doktor. »Ja, das ist mir klar. Aber das Talent – ich meine, ein Talent fürs Schreiben würden Sie ihm schon bescheinigen?«

»Gewiss, ja, gewiss. Jederzeit. Er ist – wie alt ist er jetzt?«

»Einundzwanzig …«

»Ach, doch erst. Ich hatte ihn bei unserer kurzen Begegnung älter eingeschätzt. Mitte, Ende zwanzig. Merkwürdig. Nun, es war auch schon spät in der Nacht und – entschuldigen Sie, wenn ich Sie das so direkt frage – aber neigt er zu übermäßigem Alkoholgenuss?«

Der Doktor machte eine unentschiedene Geste.

»Ich fürchte«, sagte er, »es ist mehr sein Allgemeinzustand, seine Gesundheit. Er hat es mit der Lunge. Ich habe ihn gleich gestern noch zu einem befreundeten Arzt geschickt.«

»Und was meint der?«

»Was ich ihm auch schon gesagt habe. Regelmäßige Ernährung, mehr Schlaf und viel frische Luft. Aber eben das ist das Problem. Für vernünftiges Essen mangelt es ihm an Geld und sich überhaupt schlafen zu legen, empfindet er als Qual.«

»Als Qual?«

»Er fürchtet, dann nicht mehr aufzuwachen.«

»Das ist doch Unsinn!«

»Die Vorstellung ist offenbar tief in ihm verwurzelt.« Der Doktor schob die restlichen Roquefortkrümel auf seinem Teller zusammen und stippte sie mit einem Stück Brot auf. »Da müsste man herankommen.«

Sein Gegenüber schenkte Wein nach.

»Sie denken an eine psychiatrische Behandlung?« Er wiegte den Kopf. »Das will gut überlegt sein. Sehen Sie, der junge Mann hat doch fraglos einen dichterischen Ehrgeiz, und ihn in der Hinsicht zu fördern, sollte Ihr und wird – wenn Sie es wünschen – auch mein Bestreben sein.«

»Ich bitte Sie darum.«

»Dann überlassen Sie ihn nicht einem dieser Seelenkundler. Was der aus ihm herausbringt, ist für den schöpferischen Impuls eher hinderlich, glauben Sie mir. Es ordnet möglicherweise ein wenig die Gedanken – mag sein. Aber aus Ordnung, aus Ordnung allein, entsteht keine den Menschen berührende Kunst.«

Er zog sich an der grob verputzten Mauer hoch. Harte Kiesel, Splitt. Er keuchte vor Anstrengung. Seine Muskeln schmerzten. Mit letzter Kraft schaffte er es nach oben, wurde aber sogleich von einem rasenden Schwindel erfasst, konnte sich nirgends halten und stürzte hinab ins Gebüsch. Zweige brachen, stachen in die Rippen. Ein Ast schrammte seine Wange auf. Heftig atmend blieb er auf der feuchten Gartenerde liegen und harrte aus, bis das Sirren in seinen Ohren verebbte.

Drüben im Haus schien man nichts bemerkt zu haben. Es wurde nur von dem alten Apotheker und seiner etwas tollpatschigen Tochter bewohnt, einem molligen Meitschi, das ihm das gewünschte Kopfschmerzpulver abgewogen hatte. Es war ihm ein Leichtes gewesen, die Kleine mit ein paar Schmeicheleien abzulenken und dabei auszuspähen, wo die Opiate unter Verschluss gehalten wurden.

Er kroch nun auf Händen und Knien über den Rasen, richtete sich an der mit Efeu bewachsenen Hauswand auf und zog seinen Mantel aus. Und wie schon so oft fiel jetzt jegliche Unruhe und der seinen Körper peinigende Schmerz von ihm ab, und er handelte schnell und routiniert.

Er schlug mit der dick umwickelten Hand das Türfenster ein, tastete nach dem Riegel, dem innen im Schloss steckenden Schlüssel und brauchte nur einige Sekunden, um ins Haus zu gelangen, in die Küche. Er orientierte sich kurz.

Da ging es in die Diele, und von dort nach vorn in den Laden.

Die Straßenlaterne warf mattes Licht auf die hohen Regale, auf die unzähligen Schubfächer, die Töpfe, die Mörser.

Hinten im Eck der Schrank.

Er trat an ihn heran und lächelte in der Gewissheit, ihn ohne große Mühe aufbrechen zu können.

»Was schreibt dein Herr Doktor?«, fragte Lilly. Claus reichte ihr den Brief.

»Von einer Entmündigung sieht man offenbar noch ab«, sagte er. Er zündete sich eine Zigarette an, strich flüchtig über die verschorften Kratzer auf seiner Wange. »Man hofft, dass ich mich schriftstellerisch bewähre.«

Lilly überflog das Schreiben und nickte.

»Ich weiß, dass du dazu berufen bist«, sagte sie.

»Berufen! Ach, was. Was habe ich denn schon zu sagen? Die paar Erfahrungen, das bisschen Leid – das ist nichts von Bedeutung. Leben will ich, Lilly, leben! Frei von jeglichem Druck. In Italien vielleicht ein Stück Land bewirtschaften, mich davon ernähren. Oder besser noch in Amerika!« Er sah über den See, den Lago Maggiore, und hatte die vom Großvater aufbewahrten Postkarten vor Augen, die New Yorker Docks, die hohen Gebäude, die riesige Bahnhofshalle, die Felder im weiten Westen und die Weiden, auf denen Rinder grasten.

Lilly gab ihm den Brief zurück. Sie hob ihre Reisetasche zu sich auf die Bank und öffnete sie.

»Amerika«, sagte sie kopfschüttelnd. »Auch dazu brauchst du Geld, Claus. Und du wärst allein dort. – Hier, ich hab uns im Hotel noch ein paar Brote gemacht. Iss etwas, unterwegs werden wir nichts mehr bekommen.«

»Du könntest mit mir gehen.«

»Claus – das willst du doch nicht wirklich. Und ich würde es auch nicht wollen. Selbst wenn du meine einzige Liebe wärst. Es täte keinem von uns gut.«

Er zuckte die Achseln.

»Wer weiß das schon«, sagte er. »Mich jedenfalls hält außer dir nichts hier.« Er schnippte die Kippe ins Wasser, wehrte das ihm hingehaltene Brot ab.

Es war schon weit über Mittag, und die Junisonne stand hoch am Himmel. Hinter ihnen schlenderten Urlauber die Promenade entlang. Ihr gemächlicher Gang reizte seine Nerven. Dieses Behäbige, dieses Dumpfe. Es lag wie Meltau auf dieser Tessiner Idylle.

»Schreiben«, sagte er mehr für sich. »Was soll hier schon groß entstehen? – Es geht ohnehin nicht, solange ich deinen Mann in die Tasten hämmern höre.«

Lilly suchte seinen Blick.

»Hast du es deshalb keine Nacht auf deinem Zimmer ausgehalten? Ich hab immer noch nach dir geschaut.«

Claus stand von der Bank auf. Er sah zu den prächtigen Gebäuden oberhalb der Bahnlinie.

Die Bahn. Der Pfiff der Dampflok.

Fort, nur fort. Weit weg, bevor …

Der hagere Großmeister überquerte die Straße, eilte zu ihnen heran. Er war ohne Gepäck und fuchtelte aufgeregt mit den Armen.

»Kommt!«, rief er. »Wir müssen uns beeilen. Ich hab einen Bauern überreden können, uns auf seinem Gespann bis Maggia mitzunehmen! Er wartet!« Lilly nahm ihre Tasche.

Ihr Mann wandte sich an Claus. »Deine Sachen hab ich auch schon aus dem Hotel geholt – gerade noch rechtzeitig. Mein Gott, Claus«, seufzte er. »Die Polizei überprüft sämtliche Gäste, und in deinem Zimmer lagen noch die leeren Ampullen herum. Das hätte auch für uns böse Folgen gehabt. Denkst du nie daran? An Lilly, an mich – an deine Freunde!«

Aufenthalt unbekannt

Er schaute hinab in das Tal, über die schneebedeckten Hänge, die kaum auszumachenden Fahrwege, die sich von Hof zu Hof wanden, sah das Dorf, den hölzernen Turm der Kapelle. Es war nicht mehr weit. Er hauchte in seine Handflächen, rieb sie aneinander und rückte den Schultergurt seines abgewetzten Koffers zurecht. Zügig stapfte er weiter. Der frisch gefallene Schnee knirschte unter seinen Sohlen. Neue, feste Schuhe brauchte er und auch eine dicke Jacke. Er hoffte, unproblematisch unterzukommen, für länger. Ein einfaches Zimmer genügte, nur ordentlich beheizt sollte es sein. Der Winter in dieser Gegend würde dauern, bis weit in den März hinein. Das waren noch gut zwei Monate, und wenn er es schaffte, jeden Tag auch nur fünf oder sechs Seiten zu schreiben, konnte er den Roman in der Zeit fertig stellen und … *wir führen in gelbem Wagen über weiß beschneite Berge, um an den Ufern tiefblauer Seen hernach zu verweilen. Orangenbäume blühen duftend, und die rosa Blüten der Mandelbäume zeichnen sich hell ab auf dem dunklen Grün der Kastanienwälder.*

Das musste doch möglich sein.

Ja, Lilly, ja.

Er dachte wieder an sie, an die Nachtstunden mit ihr, nur durch die dünne Schuppenwand getrennt von dem unermüdlich an seinem Anarchisten-Brevier arbeitenden Großmeister. Ihrem Mann. Wie er das ausgehalten hatte. Nur manchmal, beim ersten Becher Kaffee vor der Hütte, hatte er anklingen lassen, dass die kleine Frau ihn nicht völlig vernachlässigen solle. Und dabei hatte er ein wenig traurig gelächelt. Aber ansonsten …

Der Weg führte nun durch die Ausläufer des Waldes. Hohe, dunkle Tannen. Grabesstill war es, unheimlich. Er ging schneller … ich war faul dort auf der Alp, sagte er sich, hab nur selten an der Schreibmaschine gesessen, lag meist in der Sonne und hab geträumt, geträumt …

Er klopfte den Mantel ab und betrat den kleinen Laden. Eine Glocke bimmelte. Es roch nach Gebratenem, nach gebratenen Zwiebeln, nach heißem Fett.

Aus dem nach hinten führenden Gang kam eine Frau.

Sie wischte sich die Hände an der Schürze ab und zog misstrauisch die Augenbrauen zusammen. Er grüßte.

»Von woher kommen Sie?«, fragte sie. »Sind Sie zu Fuß unterwegs?«

»Ein Päckchen Tabak hätt ich gern«, sagte er. »Von dem Schwarzen. – Wo gehts denn dann zum Wirtshaus?«

»Die Käthi schließt erst zum Abend hin auf.«

»So, so.« Er kramte nach dem Geld. »Die Käthi.« Die Frau hatte einen unangenehmen Ton in der Stimme. Sie war eine hagere Person mit spitzer Nase und schmalen Lippen. Ihr Haar war grau und lag wie ein Helm um ihren Kopf. Er zählte ihr die Münzen ab. Sie strich sie rasch ein.

»Sonst gibts hier nichts«, sagte sie und verschränkte die Arme vor der Brust.

Er nahm das Tabakpäckchen und lächelte nachsichtig.

»Da bist du ja gleich an die Richtige geraten«, sagte der Metzger. Er stellte ihm den Holzteller mit Wurst und geräuchertem Speck hin und schnitt ein Stück Brot ab. »Die Murmann ist keinem wohlgesonnen. Einem aus der Stadt erst recht nicht. Sie gibt jedem die Schuld an ihrem trostlosen Leben.«

»Was hats damit auf sich?«

Der Metzger nahm zwei Flaschen Bier aus dem Kasten. Er setzte sich zu ihm.

»Weißt«, sagte er, »ihr Bruder ist fortgezogen. Sie hat ihn seit dem frühen Tod der Eltern umsorgt, will sich seinetwegen sogar nie mit einem Mann eingelassen haben.« Er trank einen Schluck und wischte sich über den Mund. »Seis drum. Jedenfalls war er ihr Ein und Alles. Doch dann hat er sich versetzen lassen, der Liebe wegen. Hat geheiratet und ist jetzt stolzer Vater. Das hat sie nicht verwunden.«

»Versetzen?«

»Ja, ja. Und sie glaubt, wir hättens gedeichselt. Um einen der unsrigen auf diesem Posten zu haben.«

»Ist es was … was Amtliches?« Er verspürte ein leichtes Vibrieren der Nerven, eine Anspannung. Seine Hände zitterten ein wenig.

Angst. Schlagartig kam wieder diese Angst auf.

Der Metzger schien nichts davon zu bemerken.

»Korporal ist er«, sagte er. »Landjägerkorporal. Ein anständiger Kerl, der seinen eigenen Kopf hat. Aber die Murmann –« Er winkte ab. »Nun lang aber erst einmal zu.«

Das Zimmer war unterm Dach. Es war sauber, und das Fenster ging nach hinten auf die Stallungen des angrenzenden Hofs. Ein Heuwagen stand dort, eine Mistgabel lehnte an der Wand, der Schnee war weitgehend festgetreten.

Er blieb am Fenster stehen, sah hoch zu dem Wald, durch den er mit pochendem Herzen hinunter in dieses abgelegene Dorf gehastet war.

»Ist es recht so?«, hörte er die Käthi fragen. Er wandte sich zu ihr.

Sie schloss die Ofenklappe, strich ihr Haar zurück. Es war tiefschwarz und fiel glatt auf die Schultern. Ihr Gesicht erinnerte ihn an das Madonnabildchen, das seine Mutter in ihrem Gebetbuch stecken hatte.

»Ich werde einige Zeit bleiben«, sagte er. »Gibt es einen etwas größeren Tisch?«

»Ich kann einen zweiten hinzustellen. Von nebenan.« Sie ging schon zur Tür. »Es werden ja vorerst keine weiteren Gäste kommen.«

Er folgte ihr.

Sie war mit einem dunklen Rock bekleidet, der an ihren Hüften spannte und nur bis über die Knie reichte. Schöne, glatte Waden hatte sie, und ihr Gang war geschmeidig.

Er kam sich ungelenk vor, staksig.

Die Stube, die er nach ihr betrat, war kleiner, und das Fenster war verhangen. Auf dem Bett unter der Schräge lag ein Stapel dicker Decken.

»Darf ich mir noch eine nehmen?«, fragte er. »Wenn mir nachts der Ofen ausgeht – ich bin nicht sehr geschickt in solchen Dingen.«

Sie nickte nur und wartete, bis er beim Tisch mit anfasste. Er lächelte dankbar, als sie ihn hinüber schafften.

Von unten aus der Küche war der Metzger zu hören, der Urs. Er pries ihrer Mutter ein Stück Wild an.

Er packte seinen Koffer aus. Zwei weiße Hemden, Unterwäsche, Strümpfe, das Rasierzeug, die aus dem Spital mitgenommene Seife und das Handtuch. Die Bücher und die dicke Mappe mit den Papieren ordnete er auf den unter dem Fenster zusammengestellten Tischen so an, wie er es beim Großmeister gesehen hatte. Linkerhand Wörterbuch und Nachschlagewerke, dahinter die Romane, die er lesen wollte, den Flaubert zuerst. Rechts die noch im Kurbad korrigierten Manuskriptseiten, das Notizheft und vor sich die leeren Folioblätter, genug für viele Stunden Arbeit. Er stellte den Aschenbecher daneben, zog den Stuhl heran und setzte sich. Nachdem er eine Zigarette gedreht und einen tiefen Zug genommen hatte, schlug er das Heft auf und las nach, was er in den letzten Wochen notiert hatte.

Marie. Komplizin. Einverständnis, auf ihren Namen Geld aus der Geschäftskasse zu entnehmen. 70.– Fr.

Herr Z. ihr gegenüber ein Despot. Verbietet ihr, Heftliromane zu lesen. Schmutz.

Café Terrasse. H. fragt nach Großmeister und Lilly. Unmöglich, wahrheitsgemäß über unsere Trennung zu berichten. Ein Gin schlürfender Pagenkopf lockt.

Lilly vergessen!

Eine Nacht mit dem Pagenkopf durchgebracht. Ist aus Berlin. Redet schnell und viel.

Kokain.

Schlimmer Husten. Blutiger Auswurf. Bei Marie auf dem Sofa. Tee & ihre kühle und tröstende Hand.

Kantonspital. Diagnose: Schwere Bronchitis. Bei vernünftiger Lebensweise heilbar. Vernunft! Mangelnde Vernunft!

Arzt tel. mit dem Herrn Doktor. Soll umgehend bei ihm vorstellig werden.

Seefeld. Im Hause F. Erotische Komplikationen. Starkes Bedürfnis nach Mo.

F. besorgt Rezept. Wachträume. Der Pfiff der Lokomotive.

Schienenstränge. Das Abteilfenster. Regentropfen. Regen. Nasses Laub. Der See.

Skizze. Den Vater erzählen lassen. Er begreift nicht. Sinniert darüber, warum der Kleine fortgelaufen ist. Schlechte Ange-

wohnheiten. Veranlagung. Das gestohlene Federmesser. Das Geld. Die Haushälterin.

Strafe. Prügel. Zorn.

Selbstvorwürfe: Eine Mutter hätte er gebraucht. Marie. Ein letztes Treffen am Bahnhof. Steckt mir 250 Franken zu. Billet & Adresse des Metzgers, ein guter Freund.

Liebevoller Abschied.

Eine Umarmung. Noch lange ihr edles Gesicht vor Augen.

Träumereien. Fantasien …

»… er war zweifelsfrei von mir enttäuscht und hat auch lautstark gegen die beantragte Bevormundung protestiert. – Absatz.« Der Doktor nippte an seinem Kaffee und wartete, bis die Grete von ihrem Schreibblock aufblickte. »Ich verstehe ihn ja«, sagte er zu ihr. »Aber sein Verhalten – es wird nun mal nicht besser mit ihm, obwohl ich wirklich alles in meiner Macht Stehende getan habe. Meine Frau wurde schon ärgerlich, dass ich ständig außer Haus war. Nun ja.« Er lächelte. »Heut hat sie ihren Bridge-Abend.«

Grete erwiderte sein Lächeln.

»Ich hab das schnell getippt«, sagte sie. »Oder ist es noch viel?«

Der Doktor schüttelte den Kopf.

»Nein, nein.« Er legte die Fingerspitzen aneinander und sah einen Moment zur Decke hoch. »Gut«, sagte er dann. »Absatz also. Der … der Einweisung ins Kurhaus Nidelbad jedoch hat er sich nicht widersetzt. Dort blieb er über die Weihnachtstage bis – bis zum 3. Januar dieses Jahres. Seit dem 4. ist er … wie formulieren wir das?«

»Abgängig.«

»Abgängig – ja, das trifft es. Abgängig. Danke. Heute nun, Kommata, dem 18. Januar 1918, Klammer auf, Eingangsstempel, Klammer zu, Kommata, erreicht mich ein undatierter Brief Ihres Sohnes, in dem er mich bittet, ihm – auf einige Zeit hin – wohlverdiente Ruhe zu schenken und ihn nicht zu zwingen vor Vormundschaftsbehörden und anderen Institutionen Schutz zu suchen.« Er ließ seinen Blick auf der stenografierenden Grete ruhen.

Sie sah auf.

»Ja?«, fragte sie.

»Ach, nichts«, sagte er. »Ich denke nur gerade daran, wo er wohl diesmal untergetaucht ist. Nun ja, er versteht es ja, Frauenherzen für sich zu gewinnen.«

»Ich kann nicht das Geringste an ihm finden. Mir wär er auch zu … zu mager.«

Der Doktor lachte.

»In der Hinsicht kann ich ja dann beruhigt sein«, sagte er und klopfte sich auf den Bauch. »Aber gut, bringen wir es hinter uns. Wir schreiben nur noch, dass … neue Zeile also. Ihr Herr Sohn verpflichtet sich dagegen – weder mir, noch Armenbehörden und auch nicht Ihnen, sehr geehrter Herr Doktor Glauser – künftighin zur Last zu fallen und keinerlei Unterstützung zu verlangen. Punkt. – So, und dann das Übliche: Wir respektieren selbstverständlich … sind jedoch weiterhin bemüht … werden nach in Kraft treten der Entmündigung wieder von uns hören lassen … mit Hochachtung. – Dass Frédéric droht, sich bei polizeilichen Ermittlungen in Bezug auf seinen Aufenthaltsort etwas anzutun, muss der Herr Vater nicht wissen. Sonst funkt er mir wieder dazwischen.« Er trank seinen Kaffee aus und griff zum Telefon. »Ich bestell uns einen Tisch. Würde dir heute mal die französische Küche zusagen?«

Käthi schloss hinter den Jassspielern die Tür und ging zurück an den Ausschank. Es war gerade erst zehn, und nur noch ihr neuer Gast hockte am Fenstertisch und stierte in sein Schnapsglas. Er hatte sich eine volle Flasche hinstellen lassen. Jetzt hatte er sie schon zur Hälfte geleert.

»Du kannst auf deinem Zimmer weiter trinken«, sagte sie. »Ich lass den Ofen hier über Nacht ausgehen.«

»Merci, vielen Dank, aber wenns dir nichts ausmacht – ruf mich Fred. Wir sind ja nun eine Zeit lang unter einem Dach.« Er hob ihr das Glas entgegen. »Magst auch einen?«

»Ich hab noch die Mutter zu versorgen.«

»Die Mutter.« Er nickte. »Die Mutter«, wiederholte er und leerte sein Glas. »Ist sie schon lange allein?«

»Sie hat mich.« Sie nahm ein sauberes Tuch und rieb die Biergläser trocken. Fred schenkte sich wieder ein, stemmte sich hoch und kam zu ihr an den Tresen.

»Und du?«, fragte er. »Hast du auch jemanden, der sich um dich kümmert?«

»Geh nach oben«, sagte sie. Doch er schüttelte den Kopf.

»Nimms mir nicht übel«, sagte er. »Aber der Schnaps … weißt, manchmal werd ich dann arg sentimental und möcht einfach nur hören, wies ist, wenn jemand glücklich ist.«

Sie zuckte die Achseln, stellte die Gläser weg und nahm ihm seins aus der Hand.

»Dann ist es besser, du trinkst nichts mehr«, sagte sie.

Kaum auf dem Zimmer, musste er wieder lachen. Er warf sich aufs Bett, lachte lauthals, lachte und lachte, bis es ihn schmerzte. Er richtete sich auf, zog die Beine an und wiegte sich vor und zurück, schnell und immer schneller. Schwindel erfasste ihn, und er glaubte, hoch empor zu kreisen, weit über das aufklappende Dach des Wirtshauses hinweg, in dem sie unten in ihrer Stube vor dem Spiegel stand und nachdenklich ihr Gesicht betrachtete …

Er fiel zu Boden, blieb auf den blanken Bohlen liegen, trommelte mit den Hacken auf das Holz … *man kann …*

man kann … man kann mitunter … scheußlich einsam sein … einsam sein.

Ihm kamen Tränen. Er weinte. In dieser Nacht schrieb er bis zum Morgengrauen, trank und rauchte dabei, und als er sich dann halblaut vorlas, was er zu Papier gebracht hatte, klangen ihm die Worte fremd und hohl, und er wollte die Seiten gleich zerreißen. Doch er ließ es erst einmal und horchte, ob sich im Haus schon etwas rührte.

Die Zeit verstrich.

Tage, Nächte. Eine Woche, zwei.

Der Schnee, ein Leichentuch. Sinke knietief ein. In Glarisegg war es der See. Das Wasser, das über mir zusammenschlug. Der Schuldirektor stieß mich hinein. Keine gute Methode, das Schwimmen zu erlernen.

Habe in der Geschichte den Kleinen ertrinken lassen.

Schon merkwürdig, was man unbewusst so alles hinschreibt.

Am Dorfrand ein grauer Hund mit zotteligem Fell. Auch er friert. K. huscht vor mir ins Gasthaus. Hat Einkäufe getätigt. In der Wirtsstube ein Durchreisender. Ein redseliger Mensch. Die K. gefällt ihm. Sie bleibt wortkarg, weist ihm aber das gute Zimmer zu.

Im Kerzenlicht mein Gesicht auf der Fensterscheibe.

Schwarzer Himmel. Kein einziger Stern.

4 Seiten abgequält.

Es ist eine Schinderei, und es will immer noch nicht gelingen. Die Genfer Zeit ist doch schon arg verblasst.

Man muss es anders angehen. Die Tabletten gehen zur Neige.

Die letzten Tabakkrümel. Panik.

Die Gaststube verschlossen. Auch die Küche. Im Hof der Wagen des Redseligen.

Bei der K. geht das Licht an. Verkrieche mich. Will ja auch nicht schon wieder flüchten müssen.

Zwei einigermaßen gute Tage. Lange Wege. Aber immer nasse Füße. Äußerst unangenehm.

Die alte M. ist nach wie vor misstrauisch. Nur gut, dass sie keinen Kontakt zu ihrem Landjägerbruder hat.

Hoffe, dass Marie sich in ihren Kreisen nicht verplappert. U. hat sie in Zürich besucht, ihr einen Rehrücken geliefert.

Meinen Dank übermittelt.

Heute ein eisig kalter Wind.

K. bringt Essen aufs Zimmer. Ein Ragout. Zu stark gewürzt. Angenehmes Gespräch. Die Bücher, das Manuskript. Ob es so etwas werde, wie die Kioskromane. Will mir ihre zum Lesen geben.

Wachträume von Marie. Woher sie ihre Güte hat. Ihr Verständnis für jemanden wie mich. Ihre Hilfsbereitschaft.

Auch Lilly zeigt sich. Ist besorgt: Das Geld ist verbraucht.

Nur noch ein halbes Dutzend Tabletten.

Weiter am Roman herumgedoktert. Kopfschmerzen.

Schwere Glieder.

Nach Spaziergang völlig erschöpft. Schwindel.

Wenn doch das Atmen unnötig würde, und man ruhig die Augen schließen könne zu endgültigem Schlaf.

Hohes Fieber. K. versorgt mich. Heiße Milch, Honig. Hüllt mich in mehrere Decken. Lüftet das Zimmer.

Sie ist mit dem Apotheker im Nachbarort vertraut. Schreibe ihr das Medikament auf.

Ihre Heftli. Jagd nach Diamanten. Abenteuer in Indien. Schloss Schwarzenegg.

Graf liebt Kammerzofe. – Ja, etwas Süße muss wohl sein. Man sollte nur nicht überzuckern.

Spannend hingegen »Ein rätselhafter Mord« und »Unschuldig schuldig«.

Immer noch schwach, aber doch wieder auf den Beinen.

Der Roman, der Roman!

Bei U. in der Metzgerei. Dorfklatsch. Streit um den Baumbestand.

Der Friseur hat sich eine Italienerin ins Haus geholt. Eine Gina. Nun werde wohl er barbiert.

Auf dem Hügelerhof ein Einbruch. 130 Fr. aus dem Küchenschrank gestohlen.

Kartenspiel mit Urs, dem Lehrer und dem Sägewerkbesitzer. Stattlicher Mann.

Lädt zu Rotwein ein. Raucht Brissagos. Ich solle doch mal zum Nachtessen zu ihm kommen. Ist mit einer aus Bern stammenden Bankierstochter verheiratet. Zwei Söhne. Einer bringe nur schlechte Noten mit nach Hause. Der Lehrer rechtfertigt seine Beurteilung.

Flüssig geschriebene Passage. Habe meinen Herrn Benoit der kleinen Marquise ein Schulerlebnis erzählen lassen.

Glarisegg. Schlimme Zeit. Demütigungen.

Flaubert gelesen, Madame Bovary.

Ach, wie wunderbar wusste der Flaubert zu schreiben! Unerreichbar.

Habe mich übernommen. Es ist nicht zu schaffen, bei aller Anstrengung nicht …

Er hob die Axt, spaltete ein weiteres Stück Holz, nahm noch eins vom Stapel und legte es sich zurecht.

Käthi erschien in der Tür zum Hof.

»Kaffee!«, rief sie. Er ließ die Axt sinken, wischte sich über die Stirn.

»Das tut gut«, sagte er. »Man sieht, was man getan hat. Es ist auch zu was nütze.«

»Es ist längst genug. Komm, ich hab Eier gebraten.«

Er warf die Holzscheite in den Korb und folgte ihr.

»Ist deine Mutter noch nicht auf?«, fragte er, als sie in der Küche waren.

»Sie lässt sich was schneidern«, sagte Käthi. Sie nahm die Pfanne vom Herd und stellte sie auf den Tisch. »Die Anna strickt auch Pullover. Du kannst einen brauchen.«

Er setzte sich.

»Das Geld wird nicht reichen«, sagte er.

»Deine Briefe hab ich auf den Weg gebracht.«

»Ein paar kleine Sachen.« Er winkte ab. »Dafür zahlt die Zeitung bestenfalls vierzig Franken. Wenns überhaupt angenommen wird.«

»Bei mir hast du Kredit. Der Urs bürgt für dich.« Sie hockte sich zu ihm und strich Butter aufs Brot. Er legte die Hände um den heißen Kaffeebecher und sah ihr zu, wie sie nach dem Salzfässchen langte, die groben, weißen Körner über die Eidotter streute, den Kanten Brot hineinstippte. Sie blickte auf.

»Was schaust du? Ich dräng dich wirklich nicht. Außerdem gehst du mir ja bei der Wirtschaft zur Hand.«

Er schüttelte den Kopf.

»Ich möchte dich nicht enttäuschen«, sagte er.

»Nun red nicht. Iss. Es wird sonst kalt.« Gehorsam nahm er die Gabel zur Hand. Mit dem ersten Bissen merkte er, wie hungrig er war. Er bemühte sich, ordentlich zu kauen, sich Zeit zu lassen. Als Käthi dann die Teller zusammenstellte, drehte er sich eine Zigarette.

»Gib mir auch eine«, sagte sie. Er hob verwundert die Augenbrauen. »Es wär nicht die erste«, erklärte sie und wartete, bis er fertig war, das Zündholz anriss. »Die Mutter siehts nur nicht gern, drum lass ichs im Haus.« Er sagte nichts dazu, rückte mit seinem Stuhl ein wenig zurück.

Schulkinder stapften draußen am Haus vorbei, hatten ihre Mützen tief in die Stirn gezogen. Es schneite wieder. Dicke Flocken wirbelten durch die Luft.

»Ich fühl mich recht wohl hier«, sagte er schließlich. »Auch, als ich darniederlag. Das kenn ich inzwischen. Aber du sollst wissen, dass es nicht allein diese scheußliche Grippe war. Es ist – es ist ein größeres Leiden, eine ganz allgemeine Schwäche.« Er nahm einen Zug, inhalierte tief. »Ich war nicht aufrichtig zu dir. Meine Schreiberei – das ist nicht der wahre Grund, warum ich die Abgeschiedenheit gesucht hab. Ich bin vor den Ämtern geflohen, vor Gläubigern, vor dem Gericht. Man will mich unter Kuratel stellen, weil ich – ich hab einen Schmerz in mir, den ich immer und immer wieder betäuben muss, verstehst du?«

Käthi blickte auf den Aschkegel ihrer Zigarette, die glimmende Glut. Sie nickte. Sie sagte nichts. Die Sekunden dehnten sich.

»Was deine Arznei anbelangt«, sagte sie nach einer Weile, »das ist mir vertraut. Der Apotheker hat unter der Hand auch meinen Vater damit versorgt. Von ihm ist nichts zu befürchten.«

»Der Vater war …?«

»Er hat im Krieg gegen die Franzosen sein rechtes Bein

verloren. Er war aus Deutschland. Im Lazarett wars üblich, sich selbst das Morphium zu verabreichen. Er hatte sich daran gewöhnt.« Sie suchte seinen Blick. »Aber er hatte immer noch uns, seine Familie.«

Er senkte den Kopf.

»Mir hilft es über die Nächte hinweg«, sagte er leise.

»Und über was noch? Gläubiger, Gericht – was macht dir denn noch alles zu schaffen?«

»Das sag ich doch. Am liebsten würd man mich wegsperren. In eine Anstalt.« Er schnaubte bitter. »Vielleicht bin ich ja auch verrückt.«

»Was ist mit deinen Eltern? Sind sie gestorben?«

Er drückte seine heruntergerauchte Zigarette aus, stand auf und trat ans Fenster.

»Die Mutter«, sagte er. »Meine Mutter ist tot. Der Vater – der Herr Vater – hat neu geheiratet. Da war ich fünfeinhalb und – und sollte entscheiden, ob er das darf. Mein Gott, mit was hat mich der Bärtige nicht alles belastet, mir aufgebürdet!« Er drehte sich zu ihr um. »Daran kranke ich, allein daran! An seinen ewigen Anforderungen, dem Druck, ihm nicht zu genügen, bei allem zu versagen. Es ist ja inzwischen auch so«, schloss er und wandte sich wieder ab, um sie nicht sehen zu lassen, dass seine Augen feucht wurden.

Er klopfte den Schnee von den Schuhen. Der Sägewerkbesitzer empfing ihn mit ausgebreiteten Armen.

»Fredi! – Nur herein! In der Küche wird noch gebrutzelt. Wir können uns vorab noch einen kleinen Schluck genehmigen.« Er nahm ihm den Mantel ab, hing ihn zu einem Silberfuchspelz, einem Lodenmantel, zu Hüten und Mützen und dicken Schals in die Garderobe.

Gewohnheitsgemäß sah er sich orientierend um.

Sie waren in einer holzgetäfelten Halle. Eine breite Treppe führte zu den oberen Räumen. Das Schlafzimmer, die Zimmer der beiden Buben, schloss er. Auf den Eckpfosten der Balustrade brannten Kerzen. Zwei mehrarmige Leuchter standen unten neben einer offenen Tür, aus der ebenfalls Kerzenlicht fiel. Das Esszimmer, übergehend vermutlich in den Wohnraum. Nach hinten hinaus die Küche, Vorratskammer und sicher ein Zugang zum Hof.

Der Sägewerkbesitzer fasste ihn am Arm und dirigierte ihn in seine Bibliothek. Es war ein Wintergarten mit offenem Kamin und nur einer Bücherwand. Schreibtisch, zwei wuchtige Ledersessel und ein niedriger Tisch, auf dem etliche Bücher und Zeitschriften lagen. Das Kaminfeuer flackerte. Es war wohltuend warm, eine anheimelnde Atmosphäre.

Der Sägewerkbesitzer nahm Karaffe und Gläser von einem Bord, schenkte ein und machte eine alles umfassende Geste.

»Du kannst dich bei Gelegenheit in Ruhe umsehen«, sagte er. »Wenn dich das ein oder andere Buch interessiert – ich leih es dir gerne aus.« Er reichte ihm ein gut gefülltes Glas und prostete ihm zu. »Ich hoffe nämlich, dass ich dich überreden kann, der Madame, meiner Frau – nun, sie hat den Wunsch, das Französische ein wenig flüssiger lesen zu können. Würdest du sie dahingehend unterrichten? Ich denke, hundert Franken für vier, fünf Stunden in der Woche wären angemessen und kämen dir doch gut zupass, was meinst du? Ich jedenfalls würd mich freuen, hernach dann noch mit dir bei Tisch zu sitzen.« Er nickte ihm bekräftigend zu. »Überlegs dir«, sagte er, leerte sein Glas und blickte zur Tür hin.

Er strahlte.

»Ah, da bist du ja schon! Darf ich vorstellen …«

Eine etwas füllige Frau in einem dunkelgrünen Samtkleid mit tiefem Dekolletee betrat den Raum. Sie war mit sehr viel Schmuck behangen und lächelte ein gekünsteltes Lächeln. Ein falsches Lächeln. Unverhohlen taxierte sie ihn.

Der Metzger ließ sich erschöpft in die Kissen zurückfallen. Die Frau des Galeristen stand auf. Sie ging ins Bad, und als sie nach einer Weile wieder zu ihm kam, nahm sie ihre Dessous vom Boden auf und zog sie an. Sie war eine schlanke, hoch gewachsene Frau und ihr fein geschnittenes Gesicht war immer noch leicht gerötet.

Der Metzger stemmte sich seufzend hoch.

»Hat er eigentlich auch mit dir geschlafen?«, fragte er.

»Urs – ich bitte dich. Der Fredi könnte mein Sohn sein. Gibt es denn wirklich keinen Anhaltspunkt, wohin er verschwunden ist?«

»Da müsste schon was von dem Schmuck der fetten Wachtel auftauchen, dann käm man ihm vielleicht auf die Spur. – Mir wills noch immer nicht in den Kopf!«

Die Schlanke überprüfte den Sitz ihrer Strümpfe. Sie trat an die Kommode, setzte sich vor den Spiegel und begann, Puder aufzulegen. Der Metzger stieg nun auch aus dem Bett. Er seufzte wieder.

»Das wird noch ein schlimmes Ende nehmen«, sagte er. »Ein Mord – mein Gott! Das bringt den armen Kerl doch lebenslänglich ins Zuchthaus.«

»Nein, Urs, nein – euren Sägewerkbesitzer hat er bestimmt nicht erschlagen, so gut kenn ich den Fredi. Ein Einbruch, ein Diebstahl – ja, aber jemanden umbringen …«

»Der Richi muss ihn auf frischer Tat ertappt haben!«

»Du hast gesagt, er sei hinterm Wirtshaus tot aufgefunden worden.«

»Der Murmann hats doch schlüssig rekonstruiert«, sagte der Metzger matt. Er legte seine Hände auf ihre Schultern.

»Schau, Marie, der Fred ist beim Richi eingestiegen, hat sich die Schmuckkassette gegriffen und dabei wohl Lärm gemacht. Das weckte den Richi auf, und er ist ihm nach, kriegte ihn beim Wirtshaus zu fassen und – es gab einen Kampf, und dabei muss es dann passiert sein.«

Er konnte der Versuchung nicht widerstehen, nun sanft über den Ansatz ihrer Brüste zu streicheln. Sie ließ es zu, lehnte sich auch an ihn zurück und schloss die Augen.

»Ich telefoniere nach Bern«, sagte sie dann. »Ich kenn dort einen Fahnder. Dem trau ich mehr zu als eurem Murmann.«

Der Metzger schüttelte betrübt den Kopf. Er beugte sich zu ihr und küsste sie auf den Mund.

»Ich wünsch doch auch, es wär nicht geschehen«, sagte er. »Glaub mir. Haben wir nicht noch etwas Zeit? Dein Mann kommt doch erst gegen Abend …«

Im Asyl

Die gesamte Kompanie war in der Scheune versammelt. Die meisten Männer rauchten, dicke Schwaden hingen in der Luft und der beißende Geruch durchschwitzter Khakihemden. Immer wieder hustete der ein oder andere, spuckte den Rotz auf die staubigen Holzbohlen. Auf der kleinen, grob gezimmerten Bühne spielten vier Legionäre auf Mundharmonikas die Marseillaise und stampften den Takt dazu.

Leutnant Mauriot war sichtlich ergriffen. Er war einer der wenigen, die inbrünstig mitsangen, ein schöner Mann mit schwarzem Schnurrbart und kräftiger Stimme. Neben ihm stand sein Adjutant. Er war aus dem Piemont, hatte ein aufgedunsenes Gesicht und über dem Halszäpfchen »Toujours Soif« eintätowiert, »Immer durstig«.

Glauser leckte sich über die trockenen Lippen. Auch er hatte Durst. Seinen blechernen Kaffeebecher hatte er schon bis zum letzten Tropfen geleert.

Der alte Kainz stieß ihn an.

»Jetzt haben wirs gleich hinter uns«, sagte er.

Der Capitaine des Postens stieg auf die Bühne.

»Männer!«, rief er. »Männer! Wir feiern heute einen großen Tag, den 14. Juli, und ihr sollt euch seiner Bedeutung bewusst sein. Denn vor mehr als hundert Jahren ist eine tapfere Nation aufgestanden, um die Prinzipien der Freiheit, der Gleichheit und der Brüderlichkeit zu verkünden. Vive la France! Vive la France, rufen wir aus der Ferne dem Land zu, meinem Heimatland, das später ein Asyl errichtet hat. Ein Asyl für Flüchtlinge aller Nationen, welcher politischen

Richtung sie auch angehören mögen. Ob Sozialist, Kommunist oder Royalist, ob Unglücklicher oder auch Krimineller – ja, einen solchen Ruf hat manch einer von euch, ob zu recht oder nicht, es kümmert uns nicht weiter, weil Frankreich nur nach Tapferkeit und Treue fragt! Diese Eigenschaften sind in der Legion stets hochgehalten worden, und wir, wir alle, vom einfachen Soldaten bis hoch zu mir, eurem Capitaine, wir dienen ihr. Wir dienen Frankreich und wir dienen diesem Wüstenland Marokko, das ohne uns zerfallen würde. Wir sind hier, um die einzelnen Stämme zu befrieden, die Berber unter Kontrolle zu halten – vergesst das nicht, vergesst es nie! Wir müssen wachsam sein, immer auf der Hut, das Gewehr stets griffbereit, selbst wenn wir feiern. Schnell müssen wir sein und stark – eine unschlagbare Armee! Vive la patrie! Vive la France! Das will ich hören! Von euch will ich es hören – Vive la France!«

Der alte Kainz wandte sich schon ab.

»Wart noch einen Moment«, hielt Glauser ihn zurück. »Der Patschuli hat gesagt, dass er sich was Lustiges einfallen lässt.«

»Was Besseres als eine Kanne vom Roten kanns nicht sein. Komm, gib den Ausschank frei.«

»Ich werd mich hüten, den Schuppen aufzuschließen, bevor der Capitaine und seine Ordonanzen nicht in der Kantine sind.«

»A geh! Du warst doch nicht immer so a Korrekter.«

»He! Glaubst du etwa, ich hätte das nicht schon teuer genug bezahlt?!«

Der Alte zog eine Grimasse.

»Dafür darfst jetzt ungestraft schießen«, sagte er und drängte sich durch die Menge ins Freie.

Glauser sah ihm verärgert nach.

Es wurde Nacht. Wie ein riesiger schwarzer Vogel ließ sie sich treiben vom Wind, und Sternbilder entfalteten sich wie die Blätter der Palmen, und strahlende Fächer öffneten sich da oben.

Wüstennächte. Schlaflose Nächte, wie schon so oft.

Die Tage verliefen eintönig. Morgenappell. Dienst in der Administration. Essen fassen.

Sich dehnende Nachmittage. Müdigkeit in den Gesichtern der Kameraden, eine graue Stumpfheit, die unter der braungebrannten Haut durchschimmerte.

Ein breites Messer blitzte auf. Der Schächter legte die Hand auf das Maul des Schafs. Glauser wandte sich ab.

Der alte Kainz lachte.

»A Schnitt, und schon ists aus mit dem Viecherl!«

Glauser sah an ihm vorbei auf die fernen Bergzüge, die über die Lehmmauern der Garnison ragten. Ihm war übel. Es war unsäglich heiß, und der Schweiß rann ihm über Gesicht und Körper. Fliegen umschwärmten ihn, und ihr Summen, ihr Summen … da war eine weite, grüne Wiese, da lagerte er unter blühenden Obstbäumen, eine Decke war ausgebreitet, weiß war sie, weiß wie der Schnee … der Schnee, der Schnee …

… sie rieb den Holzscheit mit einer Handvoll Schnee ab, legte ihn zurück auf den Stapel. Sie strich ihr Haar aus der Stirn und nickte ihm auffordernd zu.

»Pack deine Sachen, ich bring dich zur Bahn.«

Er stand mit hängenden Schultern da, immer noch wie gelähmt.

»Was … was wird aus dir?«, brachte er hervor.

Käthi machte eine wegwischende Geste.

»Mach dir darüber keine Gedanken«, sagte sie. »Gib mir

den Schmuck und beeil dich. Ich will noch vor Tagesanbruch wieder zurück sein.«

Er schluckte trocken. Sein Hals war eng …

Der Hals des Tieres klaffte weit auf. Im Schnitt ein weißer Kreis, und Luftblasen platzten mit leichtem Geräusch.

Schillernde Blasen der Erinnerung.

Er wusch sich Hände und Gesicht, und noch einmal die Hände, und ging dann hinauf in seine Stube über dem Vorratsspeicher. Das Zimmer mit Blick auf den Wachposten war nur mit einem Feldbett, einem Tisch und einem Stuhl ausgestattet. Er musste es mit niemandem teilen, und er war jedes Mal wieder froh darüber.

Bei seinem Eintritt in die Legion hatte er in Straßburg eine Woche lang in einem stickigen Mannschaftsraum verbringen müssen, in Metz in einer überfüllten und feuchtkalten Kasematte, die dünne Matratze auf dem Steinboden.

Auch in Marseille war er nie allein gewesen.

Erst auf der Überfahrt nach Algerien hatte er sich absondern können, erschöpft auch schon von den ausschweifenden und wirren Erzählungen seiner Kameraden, ihren Schicksalen, dem Kaleidoskop einer Gesellschaft am Rande des Abgrunds.

Er wollte nicht abstürzen, nicht mehr. Nie mehr.

Und so hatte er an Deck stehend im Morgendunst die Küste auftauchen sehen und sich geschworen, sich fortan jeglichen Anweisungen demütig zu fügen und Buße zu tun für all das, was er bisher angestellt hatte.

Er trug eine schwere Last.

Nach den ersten Tagen im Stützpunkt Sidi-Bel-Abbès aber, nach dem stundenlangen Exerzieren vor den Stadtmauern, dem Drill beim Auseinandernehmen und Zusammensetzen des Maschinengewehrs, nach dem Schießen auf Stoffpuppen und Nahkampfübungen mit aufgepflanztem Bajonett, war er abends dann doch heimlich in das Village nègre geschlichen, in das Dorf der billigen Lust, hatte süßen und mit Minze gewürzten Tee getrunken und aus tönernen Pfeifen feingepulvertes graugrünes Kraut geraucht …

Lakef. Man sagt auch Haschisch. Kif.

Kif, Kif, Kif.

Er behielt die Trommeln im Ohr, die Rhythmen.

Nakar. Timbale.

Dumpfe Schläge, Paukenschläge.

Kesseltrommeln, überlagert von der Tabla, der Dirbakka, schnell und hart mit der flachen Hand, den Handkanten geschlagen.

Das Zupfen und Klopfen auf Kaithaar und dem Al-Qanoon, trapezförmig, drei Oktaven umfassend.

Die Schellen der Tamburine.

Adufe und Taar.

Die Flöten.

Die Saba, die Al-Naay, wie Wüstenwind, heiß und trocken.

Die Stimme des blinden Sängers.

Allahs Wort.

Hohe, lang gedehnte Töne.

Kif.

Kif, Kif, und dann viele Stunden im Hammam, im Dampfbad, um sich das Gift wieder aus dem Körper kneten zu lassen.

Er begann zu beten.

Seine Gebete aber wurden nicht erhört. Es trieb ihn immer wieder in die dunklen Gassen, wo er den gutturalen Lockrufen nachgab, den heiser geflüsterten Verheißungen.

Er rauchte eine, er rauchte zwei, er rauchte mehrere Pfeifen in letztlich weniger als einer Stunde und glaubte, die Sterne greifen zu können, hinweg zu fliegen über die silbrig schimmernden Olivenbäume, das harte Grün der Feigenbäume.

Hinweg über Mauern und Grenzen.

Verlegung nach Sebdou.

Ernennung zum Korporal.

Langweiliger Dienst. Der Sold war längst verzehrt.

Die Prime.

Die ersten Kameraden desertierten. Immer mehr versuchten es auch. Da hieß es, Aufbruch nach Géryville. Strafversetzung des gesamten Bataillons.

Ein mühseliger Marsch durch flaches, ödes Land. Grauer Sand, Büschel von Alfagras, kein Wasser. Wund geriebene Füße.

Verpflegung mit Affenfleisch, dünnfaserigem Büchsenfleisch und ungekochten Makkaroni.

Durchfall und Kolik.

Die erste Weihnacht in der Legion. Im Freien, dicht an der Mauer einer kleinen Ortschaft.

Wein zum Fest, viel Wein.

Aber kein Kif war aufzutreiben, und es gab kaum noch Tabak.

Seine Glieder schmerzten. Er fieberte. Die Angst, elendig dahin zu siechen, zu krepieren.

Doch der Tod wollte nicht kommen.

In Géryville zeigte er passive Resistenz, drückte sich so oft wie möglich vor dem Bureaudienst, hatte Herzrasen, kam ins Lazarett und konnte sich heimlich mit Morphium versorgen.

Das Mo.

Und ihm war, als halte er nun doch wieder das Glück in den Händen. Das reine, das absolute Glück.

Im Bett liegend schrieb er unzählige Seiten über das, was er bislang erlebt hatte.

Tage darauf wurde er für tauglich befunden, nach Gourrama verlegt zu werden, in eine neue Kompanie.

»Ich hielt es für die beste Lösung«, sagte der Doktor. Er nestelte sein Taschentuch hervor. Der Gast aus Ascona lächelte dünn.

»Sie schwitzen«, stellte er fest. »Das ist Ihr schlechtes Gewissen.« Er lehnte sich in den hellen Polstern des Korbstuhls zurück. Der Doktor wich seinem Blick aus. Er sah zu seiner Frau hinüber, die mit ihren BridgeDamen plauderte.

Es war eine größere Gesellschaft, die an diesem Sonntagnachmittag im Haus des Zürcher Galeristen zusammengekommen war. Man kannte sich. Man redete über vorherige Begegnungen bei dem oder jenem Anlass, über die neueste Mode und exklusive Geschäfte, über bevorstehende Reisen in südliche Gefilde, die auslaufende Theatersaison, über Mimen und skandalumwitterte Diven. Man klatschte. Man tratschte. Junge Serviererinnen reichten Sandwiches und Törtchen zu Tee, Kaffee, eisgekühlter Limonade und auch Champagner.

»Nun ja«, sagte der Doktor. »An einem derart heißen Tag ist das nicht ungewöhnlich. Mit meinem Gewissen hingegen bin ich völlig im Reinen.«

»Den Paragrafen nach.«

»Meiner Pflicht entsprechend. Sie wissen ebenso gut wie ich, dass man Frédéric nicht sich selbst überlassen kann.«

»Und da fällt Ihnen nicht mehr ein, als ihn in eine Anstalt zu stecken! Oder jetzt in die Legion! Glauben Sie etwa, das ist eine Hilfe? Claus ist nicht verrückt, und er gehört schon gar nicht in eine Horde von Räubern und Mördern!«

Der Doktor tupfte sich den Schweiß von der Stirn. Er behielt das Tuch in der Hand, schüttelte unwillig den Kopf.

»In Ihrem ›Künstlerkreis‹ hat ers doch auch nicht ausgehalten«, sagte er.

»Aber nicht, weil wir ihn in irgendeiner Weise gegängelt haben. Im Gegenteil. Er hatte jegliche Freiheiten – eben auch die, mit der geliebten Frau allein zu sein.«

»Eine flüchtige Liebschaft. Wie jede, die er hatte. Erzählen Sie mir doch nicht, dass ihm das einen Halt gegeben hätte! Flucht, Flucht, Flucht! Flucht vor allem und jedem! Er –« Er unterbrach sich. Die Dame des Hauses strebte auf sie zu, Marie. In ihrer Begleitung war Grete. Ihre Nichte. Seine fleißige Bürogehilfin. Fleißig bis spät in die Nacht.

Der Doktor erhob sich von seinem Stuhl.

»Es gibt Angenehmeres«, schloss er knapp und wandte sich den beiden Frauen zu. Der Gast aus Ascona stand ebenfalls auf.

»Ihr Verhalten treibt ihn noch in den Tod«, sagte er.

»Tot? Mein Gott, von was reden Sie?«

»Vom Claus, liebste Freundin.«

»Vom Fredi?«, fragte Marie entsetzt. »Er ist doch nicht etwa …?«

»Nein, nein. Aber dem Herrn Vormund wäre es nur recht, seine Akte endgültig schließen zu können. Einmal war es ja beinahe schon so weit.«

»Das ist –« Der Doktor schnappte nach Luft. »Das ist ungeheuerlich. Ich könnte Sie verklagen!« Er wandte sich an

Grete, in der Hoffnung, sie ebenso entrüstet zu sehen. Doch die von ihm mit feinsten Dessous und exquisiten Strumpfbändern ausgestattete dumme Gans griente nur albern und wedelte sich mit dem ebenfalls von ihm bezahlten chinesischen Fächer kühlende Luft zu.

Der Galerist kam in das Schlafzimmer seiner Frau. Er trat an ihr Bett und blickte auf sie herab.

»Was hat unseren Freund denn so erzürnt?«, fragte er.

»Wen meinst du?«

»Ging es um diesen Lump, den Glauser?«

Sie legte ihr Buch beiseite und löschte das Licht. Ihr Mann knipste es wieder an. Er riss ihr die Bettdecke weg und packte sie.

»Antworte!«, fauchte er. »Und untersteh dich, mich anzulügen! Du fährst doch ständig zu diesen … diesen Dilettanten nach Ascona! Was hörst du da von ihm? Schreibt er dir glühende Liebesbriefe?! Glaub ja nicht, ich wüsste nicht Bescheid!« Sie stieß ihn zurück, trat nach ihm.

»Lass mich! Du bist ja betrunken!«

Er schüttelte heftig den Kopf, stürzte sich auf sie, ließ sich schwer auf sie fallen und presste ihr die Hand auf den Mund, drückte ihre Beine auseinander, stöhnte und fluchte, bis er erreicht hatte, was er wollte und sie nur noch erstickt wimmerte.

»Ja – ja!«, keuchte er. »Der Glauser! Dein Fredi! Hältst dich immer für ihn bereit, oder?! Mit – mit Leib – mit Leib und Seele! Mit – mit meinem Geld! Ich – ich weiß – ich weiß es und ich – ich wills zurück! So – so will ichs zurück! So!«

Eine drückende Hitze lastete über dem Platz und auf den Wellblechdächern der Baracken, und das Essen lag schwer im Magen, das ewige Ragout mit Reis und Bohnen. Man schlang es in sich hinein, stand vom Tisch auf und verkroch sich hinter einen der Schuppen, an einen halbwegs schattigen Ort, döste und dämmerte vor sich hin, hing seinen Gedanken nach. Die Zeit schien still zu stehen.

Der junge Patschuli hockte drüben an der Mauer und putzte sein Essgeschirr. Er hatte ein rundes, glattes Gesicht, auf dem der Schweiß perlte, und er leckte sich ständig über die prallen Lippen.

Glauser schob seine Kappe tiefer in die Stirn. Er schloss die Augen und hoffte, für eine Weile hineingleiten zu können in einen traumlosen Schlaf. Doch es wollte ihm nicht gelingen.

Patschulis monotones Ratschen klang ihm wie das Rattern eiserner Räder über Schienenschwellen in den Ohren, und ihm war, als säße er wie einst als kleiner Bub mit klopfendem Herzen in einem verrauchten Zugabteil, fort aus Wien, nur fort, in banger Erwartung, wohin ihn die Reise führen würde, sah aus dem Fenster auf dichte Wälder und vereinzelte Gehöfte, sah Dörfer, Städte und Straßen in der Abenddämmerung, Schilder von Bahnstationen blitzten plötzlich in rascher Folge auf, Pressburg, Glarisegg, Genf, Zürich, Bellinzona, Bern, Baden, Mannheim, Straßburg, und der Zug raste und raste weiter durch die nun tiefschwarze Nacht, und eine Hand, warm und weich, legte sich auf die seine, und er hörte …

Er hörte sich nähernde, müde Schritte und blickte auf.

Sergeant Sitnikoff stand vor ihm, in blendend weißer, frisch gebügelter Uniform. Er stützte sich auf seinen Stock.

»Korporal«, sagte Sitnikoff, »Korporal Glauser, ich bitte Sie, mich hinüber ins Araberdorf zu begleiten. Der Weg ist mir allein zu mühsam, ich muss mir einen Aufguss machen lassen, Sie verstehen, mein böses Fieber.«

Glauser stemmte sich hoch. Er nahm Haltung an.

»Zu Diensten«, sagte er. »Es ist mir allerdings untersagt, die Vorratskammer unbeaufsichtigt zu lassen. Leutnant Mauriot …«

»Ja, ja – der Mauriot, ich weiß. Er hat ein besonderes Auge auf Sie.« Er machte eine abfällige Geste. »Sie haben meine Erlaubnis. Der Patschuli soll Ihren Posten solange übernehmen.« Er winkte ihn schon zu sich.

Patschuli ließ augenblicklich von seinem Blechgeschirr und eilte heran, ein schiefes Lächeln auf dem Gesicht. Sitnikoff gab ihm die Order und griff nach Glausers Arm.

»Gehen wir«, sagte er. »Und dann erzählen Sie mir auch, wie Sie zur Legion gekommen sind. Sie sind doch aus gutem Haus, aus Wien, habe ich gehört.« Er wiegte den Kopf. »Komm Tzigane, komm«, intonierte er versonnen. »Komm, Tzigane, komm, spiel mir was vor …«

Als sie den Ksar erreicht hatten, blieb Sitnikoff stehen, wischte sich über die Augen und seufzte schwer.

»Korporal«, sagte er dann. »Sie enttäuschen mich. Ihre Geschichte taugt bestenfalls zur Unterhaltung bei einem Ihrer nächtlichen Besäufnisse. Sie sollten ehrlich zu mir sein, wir könnten Freunde werden. – Warten Sie im Kaffeetatschi auf mich, und denken Sie darüber nach.«

Er hob seinen Stock, scheuchte die im Staub spielenden Kinder beiseite und betrat den schmalen Gang, der ins Innere des Dorfes führte. Es war ein einziger zusammenhängender Bau, ein riesiger Termitenhügel.

Glauser senkte beschämt den Kopf.

Er wartete, bis Sitnikoff nicht mehr zu sehen war und schlich dann zu der Hütte, in der er schon oft aus einer primitiven Wasserpfeife das betäubende Lakef tief in die Lungen gesogen hatte.

Zurück im Posten füllte er eine große Kanne Wein ab und lud Patschuli ein, mit ihm zu trinken.

Der Himmel wurde rot, erdbeerfarben, dann veilchenblau, und vom Dorf her legte sich feiner Staub wie Puderzucker über die Umfassungsmauern der Garnison.

Nach mehreren schnell geleerten Bechern ließ Glauser sich schließlich auf einen der Getreidesäcke fallen, die Arme verlangend nach Patschuli ausgestreckt. Wenig später wurde er halbnackt mit dem jungen Burschen zusammenliegend von dem seinen Kontrollgang machenden Leutnant Mauriot entdeckt.

Der alte Kainz drückte ihm ein paar Zigaretten in die Hand.

»Hast denn nicht gewusst, dass der Patschuli dem Mauriot sein Liebchen ist?«

Glauser sagte nichts dazu, aber er begriff nun, warum nur er einsaß, beschuldigt, sich angeblich unerlaubt vom Stützpunkt entfernt zu haben. Von Sitnikoff war nichts zu hören gewesen.

»Kannst du mir etwas Papier und was zu schreiben besorgen?«, fragte Glauser den Alten.

… zugegeben, schrieb er bei Mondlicht, *Europa ist faul. Aber die Fäulnis, die Du hier antriffst: der Hass von Soldat zu Soldat, die Verleumdung, die Bosheit, alles, was es Niedriges im Menschen gibt, das Fehlen jeder schönen Gebärde – das drückt einen unglaublich nieder …*

Der Regen rann in dünnen Fäden an den Fensterscheiben herab. Der Doktor schnäuzte in sein Tuch und läutete nach seiner neuen Schreibkraft.

Sie war umgehend zur Stelle.

Sie war jung, sehr jung, gerade erst siebzehn geworden,

und sie war erst seit knapp einem Monat in Zürich. Ihr Vater war Russe, ihre Mutter eine Deutsche.

Sie hatte dichtes, schwarzes Haar, große, dunkle Augen und war gertenschlank.

Der Doktor reichte ihr eine dicke Mappe.

»Beschäftige dich einmal damit«, sagte er. »Deine Vorgängerin hat sämtliche Schreiben völlig ungeordnet abgelegt. Sie hatte wohl ständig anderes im Kopf. Nun ja. Hefte es chronologisch ein. Chronologisch, du weißt, was das ist?«

»Nach Datum – ja.« Sie machte einen Knicks.

»Nach Datum und Eingangsstempel«, bekräftigte der Doktor, lehnte sich in seinem Stuhl zurück und faltete die Hände über dem Bauch. »Es ist ein ausgesprochen interessanter Fall«, sagte er noch. »Wenn dir das ein oder andere unverständlich ist, frag mich und – hast du deine Eltern eigentlich schon davon in Kenntnis gesetzt, dass du mitunter auch länger arbeiten musst?«

Sie nickte eifrig, und er lächelte ein wohlgefälliges Lächeln. Nun ja.

Am dritten Tag seiner Haft stieß Glauser in einer Ecke der Zelle auf den rostigen Blechdeckel einer italienischen Zigarettenschachtel. Er starrte lange auf die kaum noch erkennbare Prägung und musste sich sagen, dass auch sein einst geträumter Traum von einem einfachen Leben im Land der Orangen- und Mandelbäume längst verblasst war, ja, sich bereits vollständig aufgelöst hatte in der trostlosen Öde dieses marokkanischen Postens Gourrama.

Er schärfte den Deckel an dem Zementblock, der ihm als Pritsche diente, und als es Nacht wurde, schnitt er sich damit die Adern im Handgelenk auf.

Münsinger Diwan

Psychiatrische Klinik Münsingen
Erste Sitzung: 16. April 1927, 17.15–18.15 Uhr

»Sie haben sich richtig entschieden.«

»Ich hoffe es.«

»Wie geht es Ihnen heute?«

»Besser.«

»Können Sie das genauer beschreiben?«

»Die Gartenarbeit tut mir gut, die … die Bewegung in der frischen Luft. Ich bin gern im Freien.«

»Wie lange waren Sie draußen?«

»Von morgens an, gleich nach dem Kaffee. Bis vorhin. Ich habe nur noch schnell ein Brot gegessen.«

»Sonst nichts?«

»Nein.«

»Hatten Sie zwischendurch keinen Hunger?«

»Ich habe ein paar Zigaretten geraucht.«

»Hat man Ihnen in der Gärtnerei nichts angeboten?«

»Es gab eine Suppe, aber ich wollte nicht mit den anderen bei Tisch sitzen.«

»Können Sie sagen, warum Sie das nicht wollten?«

»Mir war nicht nach reden.«

»Ist das oft so?«

»Es ermüdet mich manchmal.«

»Von sich zu sprechen?«

»Alles. Irgendetwas sagen zu müssen, auch nur zuzuhören. Es läuft immer auf das Gleiche hinaus.«

»Was ist das?«

»Man will halt doch nicht wissen, wie es wirklich um einen steht.«

»Niemand?«

»Bei Ihnen ist es anders. Aber Sie … wir kennen uns ja schon.«

Er hörte ein leichtes Räuspern. Der Stuhl knarrte. Papier raschelte. Noch einmal das Räuspern.

»Damals habe ich Sie gebeten, mir einen Lebenslauf zu schreiben. Wissen Sie noch, was Sie geschrieben haben?«

»Es war nicht allzu viel, glaube ich. Drei oder vier Seiten. Ich erinnere nicht mehr alles.«

»Was erinnern Sie denn?«

»Wie es mir in der Legion ergangen ist. Die Malaria. Meine Entlassung. Und dass das Fieber blieb.«

»Paris?«

»Paris, ja. Da ging mir das Geld aus und ich hab trotz großer Schwäche arbeiten müssen. In einem Restaurant, als Tellerwäscher. Scheußlich war das. Die Hitze in der Küche und ich … ich konnte mich kaum auf den Beinen halten. Aber ich habe mir ein wenig Geld sparen können. Ich wollte wieder in die Kolonien zurück. Von Brüssel aus nach Belgisch Kongo.«

»Warum dort hin?«

»Ach, ich weiß nicht. Es hätte auch sonst wo sein können – nur außerhalb von Europa.«

»Haben Sie noch immer den Wunsch?«

»Ja – ja. Das ist ganz stark. Allein schon das Reisen.«

Er schloss für einen Moment die Augen. Er lächelte.

»Was fühlen Sie dann?«

»Was ich fühle? Das kann ich nicht sagen. Ich … ich schau, wie die Landschaft vorbeifliegt. Ich denk an die Leute, die auf den Feldern arbeiten und frag mich, wies bei ihnen zu Hause sein mag. Es geht mir viel durch den Kopf.«

»Wie ist das Ankommen? Wenn die Reise ein Ende hat?«

Er lachte jetzt ein leises Lachen.

»Das ist trist. Man möchte gleich weiter.«

»Sie sind in Belgien geblieben.«

»Meine Ersparnisse waren schnell aufgebraucht. Das Geld – ja, das Geld. Es ist immer daran gescheitert.«

»Sie haben wieder gearbeitet.«

»Das … das war die schlimmste Zeit. Ich fand nichts anderes, als in die Kohlenminen zu gehen. Aber das Fieber … ich hatte noch immer das Fieber in mir und …« Er brach ab, presste die Lippen aufeinander und schwieg.

»Fieber und starke Schmerzen. Sie brauchten Morphium.«

Er schwieg noch eine Weile.

»Ja«, sagte er dann.

»Sie hatten schon vorher Morphium genommen?«

»Ja – oft. Ich hatte mich daran gewöhnt.«

»Seit wann? Wann haben Sie damit angefangen?«

»Das war … das war in Zürich. Ich hatte da … ich hatte mein Studium abgebrochen, Chemie, das interessierte mich nicht mehr. Ich … ich trieb mich nächtelang herum, mit Malern, mit Dichtern, den Dadaisten. Es war … ja, ich glaube, es war im Februar oder März, als ich … es begann mit einer Erkältung, mit hohem Fieber und … ich spuckte plötzlich Blut, ging schließlich zu einem Arzt und der … er spritzte mir Morphium.«

»Nur einmal?«

»Nur einmal. Aber ich …« Er stockte. Seine Hände zuckten.

»Ja?«

Er starrte zur Decke hoch. Sie war weiß gestrichen, weiß wie die Wände des Zimmers. Ein sauberes Weiß. Er glaubte, die Farbe zu riechen, sie zu schmecken. Sein Mund war trocken.

»Kann ich einen Schluck Wasser haben?«, fragte er.

»Wenn es Ihnen zu anstrengend wird, sagen Sie es. Wir haben Zeit.«

»Nein, ich habe nur Durst.«

Hinter ihm wurde der Stuhl zurückgeschoben. Glas klirrte an Glas. Wasser rann. Er nahm es entgegen, hob den Kopf ein wenig und trank. Einen, zwei große Schlucke.

»Wenn Sie lieber sitzen wollen –«

«Danke, es geht. Ich – mir fiel gerade ein, meinem Vater zu schreiben. Er hat noch keine persönliche Nachricht von mir.«

Er bekam keine Reaktion. Die Zeit dehnte sich. Er dachte daran, wie er den Brief beginnen sollte. Schließlich nickte er sich bekräftigend zu.

»Ja, das werde ich gleich nachher erledigen«, sagte er. »Mein Vormund wird ihn zwar schon informiert haben, aber das bin ich ihm schuldig. Ich glaube, er … er wird erleichtert sein.«

Er lachte verhalten. »Ich habe ihn ja oft genug enttäuscht. – Warum sagen Sie nichts?«

»Ich höre Ihnen zu.«

»Machen Sie sich Notizen?«

»Ich höre zu. – Was kommt Ihnen noch alles in den Sinn?«

Er zuckte die Achseln.

»Über Zürich?«, fragte er.

»An was Sie im Moment denken.«

»Ich weiß nicht. Es ist … Sie wollen, dass ich jetzt noch weiter über meinen Vater rede.«

»Das bestimmen Sie. Wenn Ihnen nicht danach ist –«

»Darüber haben wir doch auch schon gesprochen.«

»Das liegt zwei Jahre zurück.«

»Es gibt nichts Neues. Mein Vater … mal ist er … mal ist er mir sehr nah, mal möchte ich ihn für immer los sein. Aber das … das sind nur dumme Gedanken. Er wird einem ja auf ewig bleiben. Man kann nicht ausmerzen, von wessen Blut man ist. Das ist … das ist so angelegt.« Er rieb sich kurz die Stirn. »In der Legion, wissen Sie, in Marokko, wo ich zuletzt stationiert war, da gab es einen Russen, einen russischen Sergeant. Er war aus seiner Heimat geflohen, weil er seinen Vater getötet hatte. Ja, das hatte er. Er hatte ihn erschlagen. Im Streit über eine Frau, die dieser Sergeant, Sitnikoff hieß er, die er zu heiraten gedachte. Sein Vater hatte ihn ausgelacht. Die Frau sei eine Hure, auch er habe sie gehabt. Da hat ihm Sitnikoff den Schädel zertrümmert. Aber sein Vater … er lebte in ihm weiter, blieb ihm als … Fieber, als böses im Körper.« Er hielt einen kurzen Moment inne. »So hat ers mir jedenfalls erzählt«, sagte er dann. »Er fieberte ständig, brauchte jeden Tag mildernde Aufgüsse. Ich glaube, inzwischen ist er … ist er erlöst worden.«

Als Glauser kurz nach acht das Wirthaus betrat, saß Urs schon an einem der Tische, breitbeinig, die Arme auf der Tischplatte verschränkt, über der Stuhllehne den Kittel. Er sprang aber augenblicklich behände auf und schloss Glauser fest in die Arme.

»Ich freu mich«, sagte er. »Ich freu mich von ganzem Herzen. – Fred! Lass dich anschauen!« Er hielt ihn an den Schultern und strahlte glücklich. »Etwas kräftiger bist geworden. Gesund siehst aus, richtig gesund!«

»Findest du?«

»Wenn ichs doch sag. Ich mach dir nichts vor. Nun komm, hock ab. Willst auch ein Bier?«

»Eins wird mir nicht schaden.«

»Natürlich nicht. Wir werden dann auch was Gutes essen, ich hab schon in der Küche Bescheid gesagt. Und –« Er nahm ein fest verschnürtes Paket von der Bank. »Und das nimmst nachher mit, ein paar Würste und ein schönes Stück Speck aus eigener Schlachtung.«

Glauser lächelte dankend. Sie setzten sich.

Urs gab dem Wirt ein Zeichen.

»Ich hoff, wir werden jetzt öfter beisammen sein«, sagte er, nachdem sich Glauser eine Zigarette gedreht und angesteckt hatte. »Beim letzten Mal habens dich ja gleich wieder weg geschafft. Hats was mit deinem Über-Nacht-Fortbleiben zu tun gehabt?«

Glauser wedelte den Rauch weg, winkte ab.

»Da wars schon vorher beschlossene Sache.« Er inhalierte tief. »Aber sag, wie siehts bei euch drüben im Ort aus? Meinst, dass die Käthi mich immer noch vor verschlossener Tür stehen lässt?«

Urs machte ein betrübtes Gesicht. Er seufzte schwer.

»Die Käthi«, sagte er dann. »Die Käthi. Du weißt, der Schnaps. Es hat bös mit ihr geendet. Sie …«

»Sie ist …?«

»Ja«, nickte Urs. »Ende September. Sie ist die Treppe hinuntergestürzt, hat sich das Genick gebrochen.«

»Mein Gott!« Er fasste sich unwillkürlich an den Hals. »Ich … ich hab ihr doch noch einige Male geschrieben.«

»Sie wirds nicht gelesen haben. Selbst wenn sie gewollt hätte – seit dieser Geschicht' damals war sie ja kaum noch bei klarem Verstand.« Urs legte die Hände übereinander. Das Bier wurde ihnen hingestellt, und der Korb mit ein paar Kanten Brot und dem Essbesteck. »Dabei liefs doch letztlich auf Notwehr hinaus«, sagte er noch. »Dank dem Fahnder, den unsere liebe Zürcher Freundin drauf angesetzt hatte. Ein rechtschaffener Mann, da hätt sie doch eigentlich erleichtert sein können. Ich zumindest wars, als es so ausgegangen ist.«

»Ja … ja, sicher.« Glauser nickte. Er fühlte sich elend, belastet mit der alten und nun noch schwereren Schuld. Einer Schuld, die er nie mehr würde abtragen können. Er trank einen großen Schluck und wusste schon, dass jetzt noch viele, viele weitere folgen, er sich einen grässlichen Rausch ansaufen würde.

»Ich werd der Käthi ein Denkmal setzen«, sagte er dumpf. »Ja, ja – mit meinen Mitteln, wenns mir vielleicht dann doch noch gelingt.« Er leerte das Glas und winkte damit zum Ausschank hin.

Psychiatrische Klinik Münsingen
Zweite Sitzung: 17. April 1927, 17.15–18.15 Uhr

»… es war schon merkwürdig, wie ich da völlig allein durch die Wüste marschiert bin, mit schwerem Gepäck beladen, und plötzlich diese Oase sah, die Palmen, unter denen der alte Freund hockte, der Urs, ein Metzger hier aus der Gegend, wissen Sie. Aber er war völlig anders gekleidet, trug einen schweren, dunklen Mantel und einen Hut, doch er schwitzte nicht, knurrte nur irgendwas in sich hinein und schichtete Holzscheite auf, entzündete ein Feuer, ein riesiges Feuer, obwohl die Sonne immer noch heiß vom Himmel herabbrannte. Ich …« Er schloss für einen Moment die Augen, setzte neu an. »Dieses Feuer, ich wollts löschen, bin ihn wohl auch angegangen, ich weiß nicht mehr, jedenfalls spür ich einen harten Stoß und sitz mit einem Mal in einer alten Bibliothek, und der Urs sagt, jetzt kannst in Ruhe studieren, es ist für alles gesorgt, und er zwinkert mir zu, öffnet die Tür und ich seh auf einen grünen Berghang, auf eine Wiese, wo zwei Frauen sind, die eine erkenn ich sofort, es war eine gute

Bekannte aus Zürich, aber die andere, schwarzes Haar verdeckte ihr Gesicht und sie war schrecklich mager, nur noch Haut und Knochen, die beiden hielten mich an den Händen und … und schwangen mich vor und zurück. Ich … mir wurd ganz schwindelig und … und da, ich glaub, ich hab noch geschrien und wach davon auf.« Er holte tief Atem und rieb sich die Stirn. »Können Sie mir das erklären?«

»Es ist Ihr Traum. Was denken Sie?«

»Einiges ist mir vertraut. Die Wüste, davon hab ich gestern noch dem Urs erzählt, von den elendig langen Märschen – ja, auch dass der Urs dann auftaucht, gibt einen Sinn. Wir haben ja ziemlich lange beisammen gehockt. Aber alles andere, die Bibliothek … ich war zwar in einigen, aber so eine wie diese habe ich noch nie gesehen.«

»War es ein angenehmer Ort?«

»Ja … ja, schon. – Sie meinen, ich wünsche mir einen solchen Platz zum Schreiben?«

»Tun Sie das?«

»Ist das nicht zu einfach?«

»Es ist für alles gesorgt, sagt der Freund in Ihrem Traum.«

»Der Urs … das passt nicht zu ihm. Weder die Bücher, noch … ich frag mich, wie es zu dieser Bekleidung kommt.«

»Mantel, Hut – dicker Mantel.«

»Ja.« Er zog die Augenbrauen zusammen, nagte an seiner Lippe. Eine dunkle Ahnung stieg in ihm auf, ein unbehagliches Gefühl. Ein Wintermantel. Winter. Schnee. Der festgetretene Schnee auf dem Hof hinter Käthis Wirthaus und … als er vor zwei Jahren aus Münsingen »weggeschafft« worden war, in die Strafanstalt Witzwil, hatte ihn in Basel an der Grenze ein Fahnderwachtmeister in Empfang genommen, ein großer, »schwerer« Mann mit Hut und Mantel, hatte ihm die Fesseln abgenommen und ihn zum Nachtessen ins Bahnhofsbuffet eingeladen. Ein Fahnder. Ein Fahnder, der ihn versorgt, sich um ihn gesorgt hatte. Wie der, den die Zürcher Freundin auf die »Geschicht' angesetzt« hatte … in seinem Magen rumorte es.

»Ja?«, hörte er die Stimme seines Analytikers. »Fällt Ihnen dazu etwas ein?«

»Nein, ich … ich fürchte, der gestrige Abend ist mir doch nicht gut bekommen, das … das schwere Essen. Die Rösti schwamm in allzu viel Fett. Darf ich kurz austreten, auf die Toilette?«

Er bat den Fahrer, ihn am Sägewerk aussteigen zu lassen, dankte, dass er ihn mitgenommen hatte und wartete, bis der Wagen nur noch ein dunkler Punkt auf der vom Vollmond beschienenen Landstraße war. Dann näherte er sich dem Haus. Es kam ihm größer vor als damals, als hoher Schnee auf dem Dach gelastet hatte. Ein offenbar frisch geharkter Kiesweg führte zur Eingangstür, und er fürchtete einige Herzschläge lang, sie werde geöffnet und der Sägewerkbesitzer stehe mit ausgebreiteten Armen auf der Schwelle. Doch nichts rührte sich, in keinem der Zimmer brannte Licht. Er blieb noch eine Weile an der Pforte stehen, versucht, sich zum Wintergarten zu schleichen und einen Blick auf die Bücherwand zu riskieren, die Bibliothek. Aber er ließ es. Er nahm den Weg zum Friedhof, um Käthis Grab zu suchen.

Psychiatrische Klinik Münsingen
Achte Sitzung: 25. April 1927, 17.15–18.15 Uhr

»Wie war Ihr Wochenendausflug?«

»Ich bin hier geblieben, ich bekam überraschend Besuch. – Entschuldigen Sie, ich hätte Ihnen Bescheid sagen sollen.«

»Sie müssen sich nicht entschuldigen, ich habe ja nicht auf Sie gewartet.«

»Trotzdem. Es … es wär besser gewesen, doch noch mit Ihnen zu reden.«

»Über was?«

»Die Bernadette, Sie wissen, die junge Frau, die ich letztes Jahr in Basel kennengelernt habe, sie war bei mir. Sie ist zwei Nächte geblieben, bis heut früh, und … ich glaube, es war ein Fehler. Ich habs meinen Wirtsleuten angemerkt. Sie haben zwar nichts gesagt, aber … wir waren wohl etwas laut. Die Betti tanzt gern, ich hab dazu gesungen, das hat sicher arg gestört.«

»Waren Sie auch intim mit ihr?«

Glauser schwang die Beine von der Liege, setzte sich auf.

»Ich würd gern eine Zigarette rauchen«, sagte er. »Erlauben Sie?«

Sein Analytiker nickte. Er ging zum Schreibtisch und holte einen Aschenbecher hervor, ein handtellergroßes, ovales Stück aus Bronze. Glauser bemerkte, dass er benutzt worden war.

»Sie rauchen?«, fragte er.

»Hin und wieder. Eine Zigarre.«

»Sicher eine gute.«

Der Analytiker öffnete das Fenster.

»Sie befürchten, dass man Sie jetzt nicht weiter dort wohnen lässt«, sagte er.

Glauser senkte den Kopf, feuchtete das Blättchen an und rollte die Gedrehte zwischen den Fingern.

»Ich bringe Sie in Schwierigkeiten«, stellte er fest, steckte sich die dünn gerollte Zigarette zwischen die Lippen und riss ein Zündholz an. »Ja, ich habe mit der Betti geschlafen. Es war … wir haben es beide gewollt, sie vermutlich mehr als ich. Ich hatte anfangs noch eine … eine gewisse Scheu. Man kann es auch Angst nennen. Ja, ich hatte Angst, dass ich ihr nicht genüge, zu schwach bin. Wir … wir hatten viel Wein getrunken, aber ich blieb angespannt, dachte auch ständig an mögliche Folgen. Sie wissen ja, dass es mir schwer gemacht wird, eine engere Bindung einzugehen.«

Der Analytiker nahm wieder auf seinem Stuhl Platz, schlug die Beine übereinander und blickte ihn prüfend an.

»Sie meinen eine Ehe«, sagte er. »Wollen Sie denn heiraten?«

Er sah zu dem erleuchteten Fenster hoch, hielt die brennende Zigarette in der hohlen Hand verborgen. Er sah den Analytiker im Zimmer auf und ab gehen. Seine Frau kam zu ihm, fasste behutsam nach seinem Arm. Sie sprach mit ihm, und er nickte mehrere Male, umarmte sie schließlich, küsste sie. Gemeinsam gingen sie nach nebenan. Der Analytiker setzte sich zu Tisch und seine Frau füllte stehend seinen Teller. Dann setzte auch sie sich. Sie löffelten eine Suppe, ruhig jetzt, mit sich im Reinen, wie ihm schien. Es war schön, die beiden so zu betrachten. Er verfolgte jede ihrer Gesten, nahm das Bild in sich auf und verspürte eine ihn immer mehr ergreifende Sehnsucht nach einem ebenso friedlichen Beisammensein.

Betti presste kurz die Lippen auf den Brief, legte ihn zu den anderen in die Schublade und drehte eine Pirouette. Helles Sonnenlicht fiel in ihr jungmädchenhaftes Zimmer. Sie kurbelte das Grammophon an, die Debussy-Sonate ertönte, und sie hob sich auf die Fußspitzen, streckte verlangend die Arme aus und hauchte:

»Ach, mein Geliebter, umfange mich und stille mein Begehren.« Und dann lachte sie, prustete vor Lachen, warf sich aufs Bett, zerzauste lachend ihr Haar, schickte Luftküsse durchs weit geöffnete Fenster, streifte flüchtig ihre Brüste, strich wieder und wieder über sie, bis sie dann tatsächlich erregt war, sich wollüstig wand und durch den dünnen Stoff von Kleid und Höschen ihre Scham rieb, heftiger und immer heftiger, und mit flachem Atem Worte keuchte, die sie nie, nie, nie, wirklich niemals bei einem der Männer aussprechen würde, denen sie sich gelegentlich hingab, schon gar nicht beim Claus, obwohl der sie seinerseits mit Praktiken vertraut gemacht hatte, die ihr anfangs unheimlich gewesen waren.

Glauser wässerte die Bäumchen, vergewisserte sich, dass keiner der anderen Gärtnergehilfen zu ihm hinsah und tauchte hinter den Spalieren ab. Er suchte sich einen schattigen Platz und zog sein abgegriffenes Notizbüchlein hervor. Einen Moment lang dachte er nach, schrieb dann *»Zürich«* auf eine freie Seite und darunter *»Lilly«*. Das sollte genügen.

L., kleines, blondes Geschöpf. Ein bleiches Gesicht, stark gepudert. Fieberheiße Hand mit abgebissenen Nägeln. Zahlt mir den Eintritt in die Galerie Dada aus eigener Tasche. Freundschaft. Lange Gespräche. War verheiratet, hatte sich scheiden lassen. Theater gespielt. Münchner und Berliner Bohème. Prostitution. Mehrfach verhaftet, zweimal Gefängnis.

Nahm mich zu sich ins Bett.

Er unterstrich den letzten Satz. Darüber würde er heute Abend beim Analytiker reden müssen. Er versuchte, sich seine damaligen Empfindungen in Erinnerung zu rufen, hatte jedoch nur die kleine Frau vor Augen und wie sie ihn mit schmerzendem Griff gelenkt hatte.

Schmerz.

Schmerz, schrieb er sich auf.

Anstrengung, schrieb er darunter.

Leere im Kopf.

Ohrensausen.

Schwerelosigkeit.

Er legte den Schreibstift aus der Hand, legte den Kopf zurück, sann nach. Was hieß das? Auf was würde der Analytiker ihn hinführen?

Er dachte an die Frauen, mit denen er sonst noch geschlafen hatte. An die verwitwete Näherin, an die ungemein hübsche Verkäuferin, Constanze, ja – bei ihnen hatte er nichts von all dem verspürt, war berauscht gewesen, ebenso trunken wie sie, hatte albern lachend vernommen, wie wunderbar es mit ihm sei, wie einmalig, wie nie zuvor erlebt.

Große Befriedigung bei jeglichem Lob, schrieb er nun. *Lob. Bestätigung.*

Will anerkannt werden.

Psychiatrische Klinik Münsingen
Zwölfte Sitzung: 29. April 1927, 17.15–18.15 Uhr

»Sie können die neue Unterkunft gleich nach unserer Stunde beziehen. Die Vermieterin ist meines Erachtens eine recht tolerante Person.«

»Danke«, sagte Glauser. »Herzlichen Dank, ich weiß nicht, wie ich das je wieder gut machen kann.«

»Ich bitte Sie allerdings«, fuhr der Analytiker fort, »sich bei zukünftigen Damenbesuchen ein wenig im Zaum zu halten. Sie sind Ihnen nicht verboten, aber es sollte dabei nicht zu größeren Exzessen kommen.«

Glauser errötete.

»Das war –«, setzte er an. Der Analytiker unterbrach ihn.

»Wir müssen das nicht vertiefen. – Wollen Sie die Couch in Anspruch nehmen oder mir lieber gegenübersitzen?«

»Zu sitzen wäre mir heute angenehmer. Ich … ich habe einiges aufgeschrieben.«

»Gut. – Ist es das, um was ich Sie gebeten habe?«

Glauser nickte eifrig. Er zog das Büchlein hervor.

»Ich habe lange darüber gegrübelt«, sagte er. »Sehen Sie, bei fast all den Frauen, mit denen ich zusammen war, ob nun eine von eher schlichtem Gemüt oder eine aus den besseren Kreisen, ist eins augenfällig: Ich hab sie nie zu etwas drängen müssen. Sie haben sich mehr oder weniger an mich gehängt, obwohl ich manchmal gar nichts mit ihnen im Sinn hatte. Sie kamen einfach mit und blieben über Nacht, und dann hat sichs halt ergeben – Sie wissen, was ich meine.«

Der Analytiker lehnte sich zurück, legte die Fingerspitzen aneinander und nickte leicht.

»Sie sagen, bei fast allen war es so. Es gab also auch andere Beziehungen.«

»Ja – ja, einige wenige.«

»Ist Ihnen auch da irgendeine Übereinstimmung aufgefallen?«

»Ich fand es wichtig, mir das Vorherrschende klar gemacht zu haben – dass ich mich verführen lasse, dass ich der, wenn Sie so wollen, passive Teil bin.«

»Das denke ich auch. Aber doch offenbar nicht durchgängig.«

Glauser schüttelte unwillig den Kopf. Ohne zu fragen, kramte er nach seinem Tabakpäckchen und begann, sich eine Zigarette zu drehen.

Der Analytiker sagte nichts. Er saß nur da, hielt ihn im Blick und wartete. Glauser war, als werde das Ticken der Uhr laut und immer lauter.

Es wird zu früh gewesen sein, schrieb der Analytiker nach dem Nachtessen in seine Kladde. *Auf jeden Fall der falsche Zeitpunkt. Patient vermittelte Enttäuschung, sagte kaum noch etwas. Wir sind wirklich erst am Anfang, an der Oberfläche. Und selbst die ist lückenhaft: 1896 geboren in Wien von öster-*

reichischer Mutter und Schweizer Vater, ein Dr. phil., Professor an der Handels-Akademie. Patient bezeichnet ihn als »alttestamentarischen Gott«. Gottvater. Sein langer Bart. Sein zürnendes Grollen. Hat nach dem frühen Tod der Frau wieder geheiratet. Ehe hält sieben Jahre. Dann Trennung. Wieder Heirat. Patient hat im Verlauf seiner Kindheit und frühen Jugend drei aufeinander folgende »Mamas«! Er absolviert die Volksschule und drei Klassen Gymnasium in Wien. Dann drei Jahre Landeserziehungsheim Glarisegg. Empfindet sich als »ins Heim abgeschoben«. Ist in der Pubertät. Vermutlich homoerotische Erfahrungen. Wechsel auf das Collège de Genève. Abbruch kurz vor der Matura. Kantonale Matura in Zürich. Ein Semester Chemie. Kontakt zu den Dadaisten. Mit »Künstlerpaar aus Deutschland« im Tessin. Vater will ihn internieren lassen. Patient wird in Abwesenheit wegen »liederlichem und ausschweifendem Lebenswandel« entmündigt und unter Vormundschaft gestellt. Er ist »abgetaucht«. 5 Monate unbekannter Aufenthalt. Wird vermutlich im Emmental gewesen sein. Verhaftung in Genf als »Morphiumsüchtiger«. August 1918 bis Juli 1919 erstmals in Münsingen. Flüchtet ...

Der Analytiker hörte seine Frau ins Zimmer kommen. Sie hatte Kaffee gekocht, stellte ihm die Tasse hin.

»Danke«, sagte er. »Aber ich werd nicht mehr allzu lange aufbleiben.«

»Möchtest du lieber einen Cognac?«

»Später«, sagte er. Er griff nach einer leicht zerfledderten Zeitschrift. »Magst du das mal lesen und mir sagen, was du davon hältst?«

»Ist es was von deinem Sorgenkind?«

»Vom Glauser – ja. Eine seiner Geschichten. Ich glaube, wenn ich einmal alles lesen könnte, was er bislang so geschrieben hat, hätte ich einen weitaus besseren Zugang zu ihm.«

»Dann bitte ihn doch darum.« Sie warf einen Blick auf die von ihm aufgeschlagene Seite, überflog die ersten Zeilen des Textes. »Das ist … das nimmt einen gleich gefangen. Das ist ungewöhnlich.«

»Ja«, bestätigte er. »Es ist der Monolog eines Vaters, seines Vaters. Er denkt sich in ihn hinein. Aber lies es in Ruhe. Ich würd gern hören, welchen Schluss du daraus ziehst.«

Sie nahm die Zeitschrift an sich, lächelte ihn an.

»Erwarte nicht zu viel von mir.«

Er schüttelte leicht den Kopf.

»Du bist klüger, als du selbst wahrhaben willst. Sei nicht immer so bescheiden, du hilfst mir sehr – bei allem.« Er griff nach ihrer Hand, zog sie sanft an sich und küsste sie zärtlich auf die Stirn.

Der Herr Dr. phil. trug einen dunklen Schwalbenschwanz und dunkle Hosen ohne Bügelfalte und ohne Umschlag über den hohen schwarzen Schnürschuhen. Er hatte die behaarten Hände auf die Armstützen gelegt und sprach mit tiefem Bass.

»Ich konnte meinen Besuch nicht auf den Tag genau festlegen«, sagte er. »Ich hatte noch in Zürich zu tun.« Er räusperte sich und rieb sich die gerötete Nase. »Mir war es erst heute früh vergönnt, weiter zu reisen.«

Der Analytiker nickte. Er lehnte sich in seinem Stuhl zurück, schlug die Beine übereinander und rückte seine Krawatte zurecht.

»Ihr Sohn wird überrascht sein«, sagte er.

»Ich würde ihn natürlich gern in die Arme schließen. – Schlägt Ihre Kur denn gut an?«

»Das kann ich Ihnen zum augenblicklichen Zeitpunkt noch nicht sagen.«

»Fredy schrieb mir, dass Sie ihn jeden Tag in Behandlung

haben. Sie wenden die Methode dieses Dr. Freud an.« Er straffte sich. »Ich habe mich natürlich gleich darüber kundig gemacht. Man gräbt dabei sehr tief in der Seele.«

»So kann man es auch ausdrücken. Wir sprechen davon, sich das Unbewusste zu verdeutlichen.«

»Was kommt denn da alles beim Fredy zu Tage?« Der Analytiker schüttelte leicht den Kopf. »Um das beantworten zu können, müsste Ihr Sohn einwilligen und zudem an dem Gespräch teilnehmen.«

»Aber ich bin sein Vater!« Der Herr zupfte heftig an seinem Kinnbart. Er wurde laut. »Ich habe doch wohl das Recht, über all seine Meinungen und auch Einbildungen Bescheid zu wissen.«

»Reden Sie mit ihm.«

»Ich habe weiß Gott das Meinige über Jahre hinweg getan! Sie sind sein Arzt! Ich habe Ihnen meinen Sohn zur Besserung seines Charakters anvertraut! Und ich verlange darüber Auskunft!«

Der Analytiker hob beschwichtigend die Hand.

»Herr Dr. Glauser«, sagte er. »Über das, was mir Fred erzählt, bin ich zum Schweigen verpflichtet – jedem anderen gegenüber, also auch Ihnen. Das ist die Grundvoraussetzung meines Berufs.«

Der Dr. phil stand auf. Er reckte sich zu seiner vollen Größe und pochte energisch auf den Tisch.

»Dann soll er auf der Stelle hier erscheinen!«, forderte er. »Rufen Sie ihn herbei! Er wird doch hoffentlich in greifbarer Nähe sein!«

Sie strich ihr verschwitztes Haar aus dem Gesicht und drückte seine Hand.

»Du machst mich noch ganz verrückt«, sagte sie. Er beugte sich zu ihr, lächelte glücklich.

»Ich möcht nie mehr von dir lassen«, sagte er. Sie lachte.

»Beschwörs nicht«, sagte sie. »Durst hab ich jetzt, einen wahnsinnigen Durst. Gehen wir in die Rebe, da ist es noch ruhig.« Sie löste sich von ihm und schwang sich schon aus dem Bett.

Ein wenig enttäuscht sah er ihr zu, wie sie sich rasch ankleidete.

»Ich muss gegen fünf zurück sein«, sagte er. Sie stieg in ihre Schuhe.

»Ich weiß«, sagte sie. »Ich werd mich dann wieder mal allein vergnügen müssen. – Ach, ich werd schon jemanden finden, der mein Glück mit mir teilt. Was meinst, sollen wir nicht gleich die Mona fragen, ob sie mitkommt?«

»Die Mona.« Er stand nun auch auf.

»Du, irgendwie sind wirs ihr schuldig. Schließlich überlässt sie uns ihr Zimmer. Und sie plapperts nicht aus.«

»Mir wärs egal.«

»Aber mir nicht, du Dummerl. Die Leut reden schon genug über mich.«

»Wohl eher über mich«, sagte er. Er zog den Hosengürtel fest zu und nestelte das Tabakpäckchen hervor.

»Rauch jetzt bitte nicht«, sagte sie. »Wir müssen noch die Laken wechseln.«

»Betti«, sagte er. »Liebes. Es war … es war so schön mit dir. Warum kanns nicht noch eine Weile so bleiben?«

Sie kam zu ihm und gab ihm einen Kuss.

»Willst etwa, dass ich vor Erschöpfung den letzten Schnaufer tu?« Sie lachte wieder und drehte sich vor ihm. »Ich bleib, ich bleib, ich bleib doch ganz erfüllt von dir«, trällerte sie.

Er senkte den Kopf. Ihr Rock schwang hoch und höher, und ihm wurde plötzlich schwindelig.

Er sah ihn schon von Weitem. Der alte Herr stolzierte vor der Pforte auf und ab. Er spürte seine Ungeduld, seinen schwelenden Ärger. Er beschleunigte seine Schritte.

»Da bist ja endlich!«, begrüßte ihn der Vater. Er schnäuzte heftig in sein Tuch. »Meine Heimreise hast du mir ja nun durchkreuzt! Aber was beklag ich mich?« Er stopfte das Tuch umständlich in die Hosentasche und musterte ihn dabei von Kopf bis Fuß. »Einigermaßen ordentlich siehst du ja aus. Ich schick dir noch ein paar von meinen alten Hemden. Sie werden dir jetzt passen.« Er machte einen zögernden Schritt und umarmte ihn dann impulsiv, klopfte ihm auf den Rücken.

»Ich … ich wusste nicht, dass du heute kommst.«

»Ja, ja – schon gut.« Sein Vater winkte ab. Flüchtig wischte er sich mit dem Handrücken über die Augen. »Dein Vormund wollte in die Ferien fahren und hat mich vorher noch sprechen wollen. Manchmal glaub ich, er bringt einiges durcheinander.«

»Mir antwortet er eigentlich umgehend.«

»Sei es, wie es sei. – Gibt es im Ort ein Gasthaus, in dem ich nächtigen kann? Ich möchte, dass wir wenigsten noch den Abend gemeinsam verbringen.«

»Der Doktor wartet auf mich.«

Der Vater fasste ihn am Arm und zog ihn mit sich.

»Der Doktor«, sagte er, »deinem Herrn Doktor hab ich erklärt, dass ein Gespräch zwischen Vater und Sohn allemal den Vorrang hat.«

Betti rückte näher an Mona heran.

»Ich glaub«, sagte sie, »ich hab mich tatsächlich verliebt. – Na, jedenfalls wünsch ich mir, ihn öfter zu sehen.«

»Nur zu sehen?«

»Ach, du weißt schon. Er ist irgendwie … er rührt etwas

in mir an, das ist … es ist unglaublich gewaltig. Ja, ich könnte … ich könnte schreien vor Glück.«

Mona nahm einen Schluck Wein. Sie sah ihre Freundin offen an.

»Das kenn ich«, sagte sie. »Wenn der Paul zu mir kommt, nimmt er mich auch dermaßen her. Manche Männer verstehen es eben, dich alles andere vergessen zu lassen. Nur sinds eben die, die dir niemals treu sein werden. Die kannst du nie und nimmer halten.«

Betti zuckte die Achseln. Sie signalisierte der Wirtin, ihnen mit den nächsten Gläsern Wein auch noch etwas Brot zu bringen. Sie rupfte einen großen Brocken von der letzten Scheibe ab.

»Daran denke ich doch gar nicht«, sagte sie. »Treue, ewige Treue gar – darauf pfeif ich! Aber bei dem Claus, da … da spür ich halt eine Übereinstimmung in so vielerlei, nicht nur, wenn ich mit ihm schlaf.«

»Das hört sich vernünftig an«, sagte der Vater. »Das Übel an der Wurzel packen – ja, das ist doch die richtige Einstellung.«

Er griff nach der Flasche, um seinem Sohn einzuschenken. Glauser legte die Hand über das Glas. Der Vater schlug sich an die Stirn. »Da reden wir von deiner Genesung, und ich will dir Alkohol aufnötigen – ein guter Weißer übrigens, in Maßen wohl auch gut bekömmlich. Aber es ist schon recht, dass du konsequent bist.« Er goss sich ein und hob das Glas. »Auf dich und auf den guten Weg, den du nun beschritten hast.«

»Danke, Vater, ich danke dir wirklich von Herzen. Ich bin aufrichtig willens, es diesmal zu schaffen. Mit dem Schreiben geht es auch schon wieder voran. Ich hab dem Doktor ein paar Sachen zu lesen gegeben. Er war sehr davon angetan. Die Geschichten über die Legion haben ihm besonders gut gefallen. Er meint –«

»Die Legion!«, fiel ihm der Vater ins Wort. »Ja, diese für dich so unsäglich schweren Jahre. Das raubt mir mitunter immer noch den Schlaf.«

»Ich …«

»Ich hätte dich nicht dazu ermuntern dürfen.«

»Du hast …«

»Ich habe seiner Zeit keinen anderen Ausweg gewusst, Fredy. Deine Badener Eskapaden – wir wollen nicht mehr daran rühren, aber zu was allein der von dir gehörnte Ehemann entschlossen war …«

»Papa, bitte Papa, ich weiß, welche Dummheiten ich gemacht habe und auch, was mir von anderer Seite böswillig unterstellt wurde. Für dich war das alles eins und … und du hast es halt auf deine Weise gehandhabt. Nur ist ermuntert dafür das falsche Wort.«

»Dir muss einsichtig gewesen sein, dass du sowohl in der Schweiz wie auch bei mir in Mannheim polizeilich nicht unbehelligt bleiben würdest. Und das habe ich bekräftigt, nennen wir es so. Aber was ich eigentlich sagen wollte –« Er zog sein Tuch hervor und schnäuzte wieder heftig hinein. »Man wird nun mal älter«, sagte er, »und rückblickend seh ich auch meine eigenen Fehler. Ich war oft zu streng zu dir, sehr schroff und … und dir nicht zugänglich. Ein hartes Wort hat dann das andere gegeben. Aber du sollst wissen, dass es immer nur von Sorge getragen war und allein deinem Wohl galt. Denn du bist doch mein Einziger, und ich …« Er knetete das schon feuchte Tuch. »Ich … ich wünsch mir, wir könnten gute Freunde sein. Deinen Herrn Doktor würde es sicher freuen, das von dir zu hören.«

Haus Nummer 19

Er setzte sich auf, rieb sich den Schlaf aus den Augen und blinzelte in das klare Winterlicht. Noch war er etwas benommen, aber die Zahnschmerzen hatten nachgelassen. Er betastete seine Wange. Rasieren musste er sich und vor allem den Mund mit den Tropfen ausspülen, die ihm der Arzt kostenlos zugesteckt hatte.

Er stemmte sich von der auf dem Boden liegenden Matratze hoch und durchquerte den großen Atelierraum. Es ging schon auf zwölf Uhr zu. Er rechnete nach, dass er gut zehn Stunden fest geschlafen hatte – ohne sich stark betäubt zu haben, ohne das Bedürfnis nach Opium oder einer Dosis Morphium. Lediglich einen Teelöffel Schlafpulver hatte er genommen, mit Wasser. Mit einem halben Krug warmem Wasser.

Er verrichtete schnell seine Morgentoilette, kleidete sich an und ging zügig über den Hof auf die Straße, die Rue Daguerre, inmitten des dicht bewohnten Viertels am Montparnasse, dem 14. Arrondissement.

Paris.

Nach neun Jahren war er wieder in Paris, doch diesmal nicht als von der Legion Ausgemusterter mit grob vernarbten Handgelenken, nicht als Patient im Spital, sondern frei von dem unheilvollen Verlangen, sich auszulöschen, den Tod suchen zu müssen.

Und er war auch nicht allein.

Bernadette, seine geliebte Betti, war mit ihm nach Paris gezogen, würde sich hier mit ihm eine neue Existenz schaffen, hatte schon ihre festen Zeiten beim Ballett, während er als Korrespondent für Schweizer Zeitschriften Berichte und Feuilletons schreiben würde. Es sah jedenfalls gut damit aus.

Es war Freitag, der 15. Januar 1932, und es war kurz nach zwölf, als er das Bistro am Eck betrat, einen Kaffee bestellte und um eine Packung Zigaretten bat.

Eine angenehme Atmosphäre, nicht das Verdruckste der Schweiz. Gleich um die Ecke Potin, das bekannte Lebensmittelgeschäft. In den Schaufenstern Gänse, Kaninchen, Gemüse. Direkt gegenüber der Bäcker. Essen ist hier nicht teuer. Schon für sieben frs. eine Mahlzeit für zwei Personen. Aber die Mieten sind hoch. 450.– frs. zahlen wir für das Atelier. Eine Madame betreut das Haus, nimmt auch die Post entgegen.

»Schreibt er dir jetzt nur noch nach Hause?«, fragte die Frau des Vormunds. Sie legte ihm einen Brief neben den Frühstücksteller und griff nach der silbernen Tischrolle. Die Essgewohnheiten ihres Mannes wurden von Tag zu Tag unappetitlicher. Er mümmelte und krümelte und ließ Eidotter und Marmelade auf Geschirr und das feine Tuch tropfen.

Sie bekam keine Antwort. Ihr Mann riss den Umschlag auf und vertiefte sich in das Schreiben. Sie setzte sich ihm wieder gegenüber, goss sich behutsam Tee ein.

»Marie hat übrigens erst gestern nach ihm gefragt«, sagte sie.

»Ja, ja«, sagte er.

»Du weißt, dass sie inzwischen ausgezogen ist.«

»Ja, ja«, wiederholte er. »Wer?« Er sah nun doch auf.

»Marie«, sagte sie.

»Welche Marie?« Sie verdrehte die Augen.

»Die Frau unseres Galeristen«, sagte sie. »Sie hat eine hübsche kleine Wohnung am Hirschgraben gefunden und hofft, wieder als Journalistin arbeiten zu können. Sie hat mich um seine Anschrift gebeten.«

Ihr Mann schien ihr jetzt zugehört zu haben.

»Der Brief ist von dem Alten«, sagte er. »Wenn ich ihn bitte zu Ende lesen dürfte, kann ich dir möglicherweise sagen, wo sein Sohn inzwischen untergekommen ist.«

»Was schreibt er denn?«

»Mein Gott, Hedwig, was wohl?!« Er stippte sein schon angebissenes Croissant so heftig in die Tasse, dass der Kaffee über den Rand schwappte. »Vorerst gibt er mir wieder mal zig Anweisungen und Ermahnungen in Bezug auf die Zahlungen an Frédéric. Ich werd dafür noch extra eine neue Kraft einstellen müssen.«

»Ach ja«, sagte sie spitz. »Ist dir deine Russin schon zu alt?«

Miete. Gasrechnung. Heizkosten. Metro-Fahrten. Ein neuer Anzug 200 frs., Wäsche 30 frs., Schreibpapier, Zigaretten, Wein. Betti braucht neue Kosmetika. Die Kosten für die ersten Tage im Hotel wirken sich negativ aus. Habe noch keinen Presseausweis für das Palais de Justice. Theaterkritiken? Kino. Ein irritierender Film von Cocteau. Einem breiten Publikum wohl eher unverständlich.

Das Gesicht des ehemaligen Klassenkameraden war glatt und rosig, und sein früher dicht gelocktes Haar war ausgedünnt und mit allzu viel Pomade frisiert. Er saß mit seiner Freundin Ira bei Glauser und Bernadette am Tisch und genoss es sichtlich, von der Schulzeit zu erzählen, die er mit dem Fred am Bodensee verbracht hatte. Was hatten sie nicht alles angestellt! Dem Spitzbart, dem Direktor, heimlich scharfen Senf in die ihm ins Haus gelieferte Sahnetorte gespritzt! Dem Englischlehrer ein echtes Schweineschwänzchen an die Jacke geklemmt! Schweinepriester! Schweinepriester!

»Und dem Franzmann, ich sehs noch vor mir, Fred, wie du ihm vor dem Klassenzimmer kräftig eine reingehauen hast. Ja, ja.« Er hob sein Glas und schwenkte es in die Runde. »Unser Fred ist vor nichts zurückgeschreckt, und ich kann sagen, wir beide, vor allem wir beide, wir waren wie Pech und Schwefel! Wahre Teufel waren wir!«

Ira gähnte hinter der vorgehaltenen Hand. Glauser blickte unmerklich die Achseln zuckend zu Betti. Betti stand auf.

»Möchte jemand Kaffee?«, fragte sie.

»Wenns einen Kirsch dazu gibt, gerne!«, dröhnte der Rosige. »Eingebläut hat man uns zwar damals, nur ja auf ewig die Finger vom Alkohol zu lassen. Aber hats uns gekümmert, Fred? Hat uns das je davon abgehalten?«

»Es war schon richtig.«

»Man sollte es nicht übertreiben, allein das hats uns gelehrt. Denn wer auch nur eine Nacht über der Kloschüssel verbracht«, hob er an. Ira unterbrach ihn.

»Es ist schon spät«, sagte sie und machte zu Betti hin eine dankend ablehnende Geste. »Wir sehen uns ja sicher nicht zum letzten Mal.«

»Mausi«, mahnte ihr Freund. »Mausi, gib Ruhe und dräng dein Dickerchen nicht.« Er tätschelte ihr die Hand und wandte sich wieder Glauser zu. »Weißt noch, wie wir nächtens im Vollrausch durchs Fenster eingestiegen sind, und du –« Er hatte einen Schluckauf. »Und du – du bist gleich wie bewusstlos zu dem kleinen Blondschopf ins Bett gefallen.«

»Zu wem?« Betti kam an den Tisch zurück.

»Ein Drittklässler, ein –«

»Wir hatten uns im Zimmer vertan«, erklärte Glauser knapp. Sein Arm zuckte, ein brennender Schmerz durchfuhr ihn, stach ins Herz, und er presste die Hand zur Faust. Die Knöchel traten weiß hervor.

Der Blonde. Der Blonde mit dem Engelsgesicht, den meerblauen Augen, den langen Wimpern …

Ira schüttelte energisch den Kopf.

»Ich bin müde«, sagte sie. »Und ich muss morgen früh raus. Lasst von euch hören, Claus. Oder komm einfach mal wieder in die Praxis, am besten zur Mittagspause.«

»Du, du, du!« Der Freund wedelte ihr mit seinem dicken Finger vor dem Gesicht herum. »Ich kenn meinen Fred und – Pardon, Fräulein Bernadette – dein hübscher Hintern, Mausi …«

»Den schaff ich jetzt nach Haus!« Sie blitzte ihn zornig an. »Sieh zu, wo du dich dann ausstreckst. Heut sicher nicht neben mir.«

»Wie gut kennst du sie?«, fragte Betti.

»Sie ist aus Münsingen. Man ist sich öfter im Ort begegnet«, sagte er ausweichend.

Betti stellte das Geschirr zusammen und brachte es in die kleine offene Küche.

»Du hast mir nie von ihr erzählt.«

»Ich hatte sie völlig vergessen.«

»Sie ist hübsch.«

»Ja«, sagte er. »Man muss sich wundern, dass sie nichts Besseres als den Schorsch gefunden hat.«

»Das hält nicht«, sagte sie. Sie wischte sich die Hände ab. »Würdest du was mit ihr anfangen?«

»Betti –«

»Ich glaub, mich würds noch nicht einmal stören.«

»Warum sagst du so was?«

»Auch Frauen finden Gefallen aneinander. Und mir gefällt sie.«

»Ich würde dich nie betrügen.«

Sie lächelte ein kleines Lächeln.

»Lass uns noch einen Schluck Wein trinken«, sagte sie. »Was dein Schorsch da alles erzählt hat, geht mir noch nach.«

Entschuldigen Sie, junge Frau, tippte er in die Maschine, *darf ich mich zu Ihnen setzen? Ich habe nichts Unehrenhaftes im Sinn, glauben Sie mir. Aber ich habe Sie dort drüben im Theater gesehen, ich gehe oft ins Ballett, drum sind Sie mir auch aufgefallen. Der »Don Juan« gehört zu den mir liebsten Stücken, das Thema ist mir nur zu gut vertraut. Nein, lachen Sie nicht, ich will damit nicht sagen, dass ich mich auch als einen solchen Frauenheld sehe und ruhelos nach immer neuen Abenteuern Ausschau haltend herumziehe. Nichts liegt mir ferner. Ich führe ein geregeltes Leben, bin Ingenieur und in guter Anstellung, und ich komme des Abends gern nach Haus. Sehen Sie meinen Ehering? Ich trage ihn nun schon sieben Jahre, und das siebte Jahr, so sagt man doch gemeinhin, das siebte Jahr ist das Jahr der Bewährung …*

Er brach ab, zog das Blatt heraus und las, was er getippt hatte. Es fehlt etwas, sagte er sich. Es geht zu schnell, und es holpert auch ein wenig.

Er schob den Stuhl zurück und stand auf. Draußen regnete es. Der Regen trommelte eine eintönige Melodie auf das Glasdach des Ateliers. Ihm war kalt. Er fröstelte. Und ich find nicht den richtigen Klang, dachte er. Ich hab die Stimme vom Schorsch im Ohr, aber ich kanns nicht ausdrücken. Obwohl ers ja eigentlich gar nicht sein soll. Nur den Ingenieur und sein feist gewordenes Gesicht will ich mir von ihm nehmen. Den gut situierten Bürger, dem die Frau davonflattert. Die Ira.

Er klopfte eine Zigarette aus dem Päckchen und ging rauchend umher. Was lüg ich die Betti auch an? Natürlich würd ich gern mit der hübschen Ira ins Bett gehen, allein schon, um dem Schorsch eins auszuwischen. Was redet er auch da von dieser Nacht? Was weiß er schon von dem, was einem das Herz schwer macht, was weiß er von der abgrundtiefen Einsamkeit und dem Wunsch, sie zu durchbrechen? Blödsinnig gelacht hat er nur, als der Direktor in den Schlafraum gestürmt war und was von einer unglaublichen Verirrung geschrien hatte. Eine Verirrung! Verwirrung musste es heißen, wie beim Musil, die Verwirrungen eines vom Vater ins Erziehungsheim abgeschobenen Knaben.

Er setzte sich wieder an die Schreibmaschine, klemmte die Zigarette zwischen die Lippen und spannte ein neues Blatt Papier ein …

»Nummer 19«, sagte Marie und gab Hedwig den Brief zurück. »Danke. Ich bin dir wirklich sehr dankbar.«

»Wirst du ihn in Paris besuchen?«

»Das würde ich gerne, aber ich weiß nicht, ob es seiner Freundin recht wäre. Er scheint glücklich mit ihr zu sein.«

»Du bist seit Jahren gut mit ihm befreundet.«

»In ihren Augen vielleicht zu gut, obwohl er mir jetzt lange nicht mehr geschrieben hat.« Sie blickte auf ihre schmalen gepflegten Hände. »Ich bitte dich, mich nicht falsch zu verstehen. Er war mir immer wie … wie ein Sohn, ein geliebter Sohn, der Zuspruch und Ermunterung braucht. All das, was …«

»Was ihm mein Mann nun rein gar nicht gibt.« Hedwig tupfte einen Krümel vom Rock ihres Kostüms. »Ich frag mich immer wieder, was ihn eigentlich zu dieser Vormundschaft befähigt. Was er überhaupt noch zustande bringt, außer … ach, entschuldige, ich wollte dir nicht ins Wort fallen. Ich möchte dir nur sagen, tu es, reise zu ihm. Und wenn du Bedenken hast, allein bei ihm aufzutauchen – ich war eine Ewigkeit nicht mehr in Paris und würde dich begleiten.«

Er hängte den regennassen Mantel auf, schüttelte die Baskenmütze aus und strich das Haar glatt. Aus dem Grammophontrichter dudelten Hawaiiklänge. Betti hatte sich auf der Matratze ausgestreckt und die Beine hochgelegt. Sie trug nur ihre Unterwäsche. Ihn überraschte, wie warm es im Atelier war.

»Bist du schon lange zurück?«, fragte er und warf einen Blick zum Ofen. Ein Stapel Brennholz war daneben aufgehäuft und auf einer ausgebreiteten Zeitung lagen Briketts.

»Serge hat mich heimgefahren«, sagte sie. »Serge und sein Freund. – Er hat mir Geld vorgestreckt.«

»Hast du alles beim Kohlenhändler gelassen?« Er ging zu seinem Schreibtisch, um zu sehen, ob Post eingetroffen war.

»Das hat Serge extra bezahlt. Er fürchtet, dass ich sonst noch krank werde und ausfalle. Wir gehen demnächst auf Tournee.«

»Demnächst?«

»Bald«, sagte sie. »Essen wir im Lokal oder kochst du?«

»Betti, ich komm gerade von draußen. Ich war den ganzen Tag unterwegs. Hat niemand geschrieben?«

»Das war für mich.«

»Was? Wer denn?«

»Aus Winterthur«, sagte sie. Sie setzte sich auf und griff nach der neben dem Bettlager stehenden Flasche und dem Glas. »Eigentlich hab ich auch gar keinen Hunger.« Er ging zu ihr.

»Ein Brief von der Mona?«, fragte er.

»Eine Karte«, sagte sie. »Was gabs bei dir?« Er sah sie prüfend an. Sie wirkte erschöpft auf ihn, auf eine merkwürdige Art matt, und ihr Lippenstift war verschmiert.

»Hattest du Besuch?« Sie legte den Kopf zurück, schloss die Augen und schwieg. Sie drehte das Glas in den Händen.

»Ich kann es nicht mehr hören«, sagte sie schließlich. »Wenn du auf irgendwen oder irgendwas eifersüchtig bist, sag es ohne Umschweife. Frag mich, ob und mit wem ich rummache und dann ist die Antwort: Ja. – Ja, ich war mit Serges Freund im Bett. Er heißt Henry, und er ist noch nicht einmal zwanzig. Ihm lags am Herzen, mir zu beweisen, dass er auch mit Frauen kann. Er …«

»Es ist gut. Das reicht.«

»Nein, es ist nicht gut«, sagte sie. »Es ist nicht gut, weil er mir nichts bedeutet. Und weil mir übel ist. Weil sich hier nichts weiter tut, weil wir hier nur herumsitzen, und es kein Vorwärtskommen gibt, keine Freude, kein Glück. Es ist tot, alles ist tot!«

»Das … das ist doch nicht wahr«, sagte er.

»Was ist denn mit dir? Natürlich ist es wahr! Deine Gerichtsreportagen kannst du vergessen, und dein anderes Zeug nimmt man dir bestenfalls gelegentlich ab! Wie leben wir denn? Allein von dem bisschen Geld, das ich noch habe. Und du – sieh dich doch nur an! Du schleichst umher wie ein geprügelter Hund und kannst mich nicht einmal mehr in den Arm nehmen! Nicht einmal das!«

»Betti, wir … wir wussten, dass es … dass es anfangs schwer sein würde. Es ging mir auch nicht gut. Der Zahn und … und, mein Gott, ich hab mich von den Drogen entwöhnt, ich bin …«

»Schiebs nicht darauf! Wenns nur das wäre, solltest du schleunigst wieder damit anfangen!«

»Das ist …« Er sah sie fassungslos an, war entsetzt.

»Das ist mein Ernst«, sagte sie. »Es ist mir jedenfalls lieber als diese Trübnis, die dich umhüllt und nichts, aber auch rein gar nichts mehr möglich macht.« Sie schleuderte das Weinglas in den Raum, ließ sich zurück auf die Matratze fallen und drehte ihm den Rücken zu.

Er betrat das am Quai de Bercy einsam gelegene Haus und stieg in den ersten Stock. Eine Jazzkapelle spielte zum Tanz auf. Es waren schwarze Musiker in locker fallenden, bunt gemusterten Hemden und weiten Hosen. Der Klarinettist hatte graues Haar und blies sein Instrument wie in Trance. Junge Frauen schmiegten sich an verwegen aussehende Männer. Die an den Tischen sitzenden Paare tranken und lachten, und es wurde viel geraucht.

Er drängte sich zu der Bar durch, bestellte Rum, einen großen Rum. Er zahlte gleich für einen zweiten. Eine dunkelhäutige Frau mit fiebrig glänzenden Augen

rückte näher zu ihm. Ihre Zigarette steckte in einer perlmuttfarbenen Spitze.

»Bist du allein?«, fragte sie. »Lädst du mich zu einem Glas ein?« Sie hielt ihm ihr leeres entgegen, und er nickte. Es wurde ihr mit Absinth gefüllt. »Kannst du auch sprechen?«

»Ja«, sagte er. »Wenn es etwas nutzt.«

Sie nahm einen Schluck und sog an ihrer Spitze.

»Bei mir würde es zu was führen. Ich wohne nicht weit.«

Er goss den Rum hinunter.

»Dazu reicht mein Geld nicht«, sagte er.

»Eine Flasche Absinth genügt. Wir haben beide was davon.«

Er betrachtete sie genauer. Sie hatte üppige Brüste, und unter ihrem knappen Rock zeichneten sich kräftige Schenkel ab. Ihre Füße steckten in halbhohen Schnürstiefeln.

»Du wirst zufrieden sein«, sagte sie. »Ich hab noch mehr zu bieten.«

»Tanzt du mit mir?«, fragte er.

»Auch das«, sagte sie. Sie drückte ihre Zigarette aus, verstaute die Spitze in ihrem Ausschnitt, und sie mengten sich unter die Tanzenden.

»Sweet Georgia Brown«.

Sie war augenblicklich im Rhythmus, nahm seine Hände und legte sie auf ihre Hüften, und bald schon verschmolzen sie zu einem sich auf der Stelle wiegenden Paar, und er verspürte das Verlangen, ihre nackte, dunkle Haut zu liebkosen, sie zu schmecken, sie zu riechen und in ihren Armen liegend die Wüste heraufzubeschwören, die heiße Luft und die schmalen Gassen des Dorfs, den süßen Duft des Lakef, des Kif.

Verworrener Traum. Dunkle Gänge. Ein helles Quadrat, ein Fenster. Davor der Analytiker. Spricht durch die Scheibe nach draußen. Ich haste auf die Anstalt zu. Der Vater erwartet mich. Er hält mir zwei steinerne Tafeln entgegen. Wie Moses mit den Zehn Geboten. Höre klar und deutlich die Stimme des Analytikers: »Sie dürfen die Menschen nicht als Bilder ansehen, sondern als Menschen, denn es sind doch Menschen.«

Der Verleger rückte seine Brille zurecht. Er blickte auf den hohen Manuskriptstapel. Er blickte zur großen Trennscheibe, hinter der seine Redakteure an ihren Schreibtischen arbeiteten. Er blickte zur holzgetäfelten Decke hoch und schließlich sah er Marie wieder an.

»Es ist eine Frage des Gehalts«, sagte er. »Ich will und kann Sie nicht mit einem Almosen abspeisen. Immerhin sind Sie eine Dame der besseren Gesellschaft.«

»Ich verkehre nicht mehr in diesen Kreisen.«

Er seufzte.

»Gnädige Frau«, sagte er. »Selbst wenn es so ist – es wäre

ungebührlich von mir, Sie mit Ihrem nach wie vor guten Ruf für einen Hungerlohn einzustellen.«

»Zahlen Sie mir, was Sie erübrigen können. Mir geht es allein darum, eine Aufgabe zu haben.«

Der Verleger nahm seine Brille ab. Er hauchte die Gläser an und rieb sie mit dem Zipfel seiner offen stehenden Weste sauber. Er war ein kleiner, schmaler Herr mit hoher Stirn und einem schlohweißen Haarkranz.

»Eine Aufgabe – ja. Aufgaben, Aufgaben gäbe es zuhauf. Wollen Sie sich nicht erst einmal auf die Lektüre einiger Geschichten beschränken? Lesen – in aller Ruhe zu Hause lesen und mir Ihren Eindruck mitteilen. Dafür könnte ich Sie einigermaßen angemessen honorieren.«

Marie kräuselte die Stirn und deutete an, dass das keine befriedigende Lösung für sie sei. Doch insgeheim hatte sie sich bereits entschieden. Mit der Antwort aber ließ sie sich Zeit.

Mit letzter Kraft schleppte er sich in die Praxis. Sein Puls war schwach, seine Haut kühl und sein Gesicht bleich und entstellt. Er krümmte sich vor Schmerzen im Unterleib, die bis zur Schulter hinauf stachen. Sein Mund war wie ausgetrocknet, und er brachte kein Wort hervor. Er sah gerade noch, dass Ira von ihrem Platz aufsprang. Dann fiel er in Ohnmacht.

Er kam erst im Spital wieder zu sich. Ira saß an seinem Bett.

»Eine Leberkolik«, sagte sie. »Man hat dir was gegen die Schmerzen gespritzt.« Er versuchte zu lächeln und wollte etwas erwidern. Ira legte ihm den Finger auf die Lippen. »Betti lässt dich grüßen. Es tut ihr leid. Sie sieht gegen Abend nach dir.«

Als er Stunden später erneut aufwachte, bemerkte er, dass er nicht allein in dem Krankenzimmer lag. Er hörte Betten knarren, hörte röchelnden Atem, quälenden Husten und Schnarchen. Es war dunkel. Er brauchte einige Zeit, um seine Augen daran zu gewöhnen. Auf dem Nachttisch stand eine Karaffe Wasser, an sie gelehnt ein Briefumschlag. Mühsam stieg er aus dem Bett und schleppte sich zur Tür. Im Dämmerlicht des Flurs las er, dass Betti ihn bat, doch schnell wieder nach Hause zu kommen. Sie wolle ihn pflegen, sie bleibe bei ihm, sie liebe ihn: *Das Spital will 40 frs. pro Tag, da haben wir es bei uns billiger und besser. Tausend Küsse. PS: Du hast Post von der Zeitschrift und aus Münsingen.*

Er schreckte hoch, warf sich den Mantel über, raffte ihn notdürftig zusammen und eilte zur Tür. Ira stand vor ihm. Sie hielt ihm ihre prall gefüllte Einkaufstasche entgegen.

»Ich hab Betti versprochen, mich um dich zu kümmern«, sagte sie. Er ließ sie herein, und sie ging direkt durch zur Küche und packte aus. »Ich mach uns ein Ratatouille, es kräftigt dich und ist gesund. Wie geht es dir?«

»Ich fiebere immer noch, schlucke viel Chinin.«

Sie kramte eine schmale Schachtel hervor.

»Nimm das«, sagte sie. »Zwei Tabletten dreimal täglich. In spätestens acht Tagen müsstest du ganz drüber hinweg sein. Betti ist dann ja auch zurück.«

»Ja«, sagte er. »Ja.«

»Das klingt nicht gerade begeistert«, sagte sie. Sie reihte Zucchini, Aubergine, Paprika und die Tomaten auf und suchte nach einem Messer. »Magst du darüber reden?«

Er zog sich einen Stuhl heran. »Du verstehst dich gut mit ihr«, sagte er und setzte sich. »Du wirst gemerkt haben, dass sie unglücklich ist. Unglücklich mit mir.« Er schüttelte die letzte Zigarette aus der gelben Packung und zündete sie sich an. »Weißt du, ich hab sie kennengelernt, als ich bei euch dort in Münsingen in der Analyse war. Da war ich … ja, da fühlte ich mich von Tag zu Tag mehr befreit, und das hat uns die Zeit, die wir miteinander verbracht haben, schön gemacht. Ich hab gedacht, es bleibt ewig so. Aber ich bin wohl nicht dafür geschaffen.« Er nickte nachsinnend, rauchte und schwieg. Er dachte an die kleine Wohnung, in die er mit Betti gezogen war, an den Roman über die Legion, über den kleinen Posten Gourrama, den er dort begonnen und auch abgeschlossen hatte, unter selbst auferlegtem Druck, der ihn dann doch wieder zum Mo hatte greifen lassen, zur Beschaffung mit gefälschten Rezepten in »Tateinheit« mit Betti, die sich von ihm gedrängt und benutzt gefühlt hatte, letztlich auch in all dem, was ihr Zusammenleben ausmachte.

Er rauchte die Zigarette herunter, drückte sie aus und zuckte die Achseln.

»Wir sind halt andauernd aneinander gerasselt und … und nur im Bett hats anfangs noch geklappt. – Ich weiß nicht, was sie dir erzählt hat, aber seit wir hier in Paris sind, ist es, als wäre eine Wand zwischen uns, ein Graben, und ich denk manchmal, wir sind wie die zwei Königskinder, die sich nach ihrem Glück sehnen und doch nicht mehr zusammen finden können.«

Ira brach die Kerne aus den geviertelten Paprikas, schnitt sie in Streifen und stückelte sie. Sie aß ein Stück.

»Ich hör von ihr nur, dass sie sich um dich sorgt, Claus, und das kann ich verstehen. Ich glaube, du hast dir einfach zu viel vorgenommen, erhoffst dir schlagartig Anerkennung bei deinem Schreiben und natürlich auch Geld. Du willst ihr imponieren und diese Anstrengung …«

»Ich schaff doch nichts«, unterbrach er sie. »Krieg nichts zustande. Meinen Roman will niemand haben und von der mir zugesagten Arbeit als Korrespondent ist nicht mehr die Rede – ich habe nichts, bin nur wieder einmal krank und seh keinen Ausweg mehr.«

»Du musst dir Zeit lassen, dir auch mehr Zeit mit Betti geben.«

»Mein Gott!« Er stand vom Stuhl auf und fuhr sich durchs Haar. »Zeit, Zeit! Ich bin jetzt sechsunddreißig und hab immer noch nichts Ordentliches vorzuweisen!«

»Das redest du dir ein, und allein das macht dich verrückt.« Sie ließ von dem Gemüse und fasste seine Hände, drückte sie. »Claus – Claus, komm zur Ruhe. Komm erst einmal wieder auf die Beine und trag nicht alles allein mit dir aus. Du wirst sehen …«

»Ach, Ira.« Er zog sie impulsiv an sich. »Ich tu doch wirklich, zu was ich in der Lage bin und trotzdem …«

»Hmhm«, machte sie. »Du musst ein wenig mehr Geduld mit dir haben.« Sie löste sich von ihm und strich leicht über seine Wange. »Jetzt leg dich wieder hin und lass dich pflegen.«

Er hatte eine schlimme Nacht. Er sah sich mit breiten Lederriemen festgeschnallt auf einer Liege. Die Mutter schnürte sich Schlittschuhe zu. Die Mama, die Mama. Das Eis auf dem See war braun wie Wüstensand. Wind wirbelte ihn auf. Die Mulattin zeigte ihre Zähne. Männer in weißen Kitteln beugten sich über ihn. Sie stießen ihre knochigen Finger in seinen Leib. Er glaubte, sie reden zu hören. Lateinische Worte. Ein einziges Kauderwelsch. Ein Skalpell blitzte auf. Der Vater eilte mit flatternden Rockschößen ins Wirtshaus. Schorsch kugelte sich vor Lachen. Er wickelte harte Seifenstücke in ein Tuch. Betti riss entsetzt die Augen auf: *Lass von dem kleinen Blonden! Du tust ihm doch weh!* Silberner Schaum tanzte auf den Meereswogen. Er sah die Hütte am Strand. Er lag neben Betti in der Sonne. Er versuchte, dieses Bild zu halten. Doch es verschwamm. Der Münsinger Analytiker legte den Kopf schräg. Er hielt die Hand hinters

Ohr. Eine Schlange ringelte sich daraus hervor. Sein Körper gefror zu Eis. Wie ein Zapfen hing er kopfüber an der Regenrinne des Wirtshauses. Käthi schlug mit dem Holzscheit nach ihm. Sitnikoff stieß ihn mit seinem Stock an die Brust: *Ihre Geschichte taugt nichts. Sie lügen! Sie lügen!*

Du lügst!

Es sollte aufhören, es sollte aufhören.

Aber immer neue Gestalten erschienen. Sie lachten, sie höhnten. Wie Gespenster flatterten sie um ihn herum. Und wieder sah er sich festgezurrt auf der Liege. Die Gurte schnitten ihm tief ins Fleisch, nahmen ihm die Luft. Er keuchte und warf sich auf der Matratze hin und her. Er presste das Gesicht ins Kissen, roch üblen Schweiß, roch Alkohol und Zigarettenrauch. Er krümmte und wand sich und glaubte plötzlich, eine Hand auf seinem nackten Rücken zu spüren, ein beruhigendes Streicheln. Es war nur ein kurzer Moment, ein Ruf aus weiter Ferne. Die Stimme der Mutter: *Mein Bub muss keine Angst haben. Keine Angst, keine Angst …* Ein leichtes Stöhnen noch, und dann war es still. Totenstill. Bis seine Zähne aneinanderschlugen. Bis Betti die Ofenklappe öffnete und lodernde Flammen hervor schossen, sein Körper zu glühen begann und unzählige Stimmen laut wurden, wild durcheinander, und eine riesige Welle über ihm zusammenschlug, ihn mitriss in einen dunklen Schlund, in tiefste Finsternis.

Über Münsingen schreiben. Einen Roman. So eine Art Querschnitt der Anstalt, der Insassen eines solchen Baus. Die Schicksalsfäden. Auch über eine große Liebe. Wie in dem Theaterstück: Die Frau stirbt im ersten Akt am Hochzeitstag, weil sie das Glück nicht ertragen kann. Denke oft, dass ich eine Frau im Blut habe …

»Sehr gut, ja«, sagte der Verleger. »Das haben Sie richtig eingeschätzt. Es ist eine tragische Geschichte, aber sie hat Spannung und auch einen speziellen Witz. Man glaubt wirklich, diesem Reisenden gegenüber zu sitzen. – Und Sie sagen, Sie kennen den Autor?«

Marie nickte bestätigend.

»Er hat kurze Zeit bei meinem Mann gearbeitet – meinem geschiedenen Mann. Ich habe ihn gelegentlich unterstützt. Er ist meines Erachtens hochtalentiert.«

»Zweifellos. Einiges hat er ja auch schon veröffentlicht, wie ich lese. Wollen Sie ihm schreiben?« Er reichte Marie das elfseitige Manuskript zurück.

Marie stieß die Blätter zusammen.

»Wenn Sie die Geschichte fest einplanen, kann ich es ihm auch persönlich sagen. Ich will ohnehin übers Wochenende nach Paris fahren.«

Der Verleger blinzelte sie über seine Brille hinweg an. Er schmunzelte.

»Paris, Paris«, sagte er. »Da beneide ich Sie. Wenn ich an Paris denke –« Er kam nicht mehr dazu auszusprechen, was er erinnerte. Das Telefon klingelte. Er nahm ab, meldete sich und gab Marie zu verstehen, dass er soweit einverstanden sei.

Marie verließ sein Büro. Vorn im Empfang lagen Zeitschriften und etliche neu erschienene Bücher anderer Verlage aus. Marie sah sie durch. Ein Simenon-Roman war dabei. Sie bat die Sekretärin, ihn sich ausleihen zu dürfen.

Der Dr. phil. nahm den Brief auf der Straße in Empfang. Er war auf dem Weg zur Höheren Handelsschule. Sein Unterricht begann um acht, und er wollte wie immer pünktlich sein. Er riss den Umschlag auf und las im Gehen, was ihm sein Sohn schrieb. Fredy entschuldigte sich für sein langes

Schweigen. Er sei vom Pech verfolgt worden. Eine Meningitis. Eine Angina. Spital. Er dankte für die 150 frs.

Der Dr. phil. blieb kurz stehen.

Trägt seine Betti denn nichts bei? fragte er sich. Er ging eilig weiter und überflog nur noch die eng beschriebenen Seiten.

Schwierigkeiten, Schwierigkeiten, Schwierigkeiten. Vermutlich auch Probleme mit dieser Tänzerin. Sie sei verreist, zu Aufführungen in die Schweiz.

Sie betrügt ihn, murmelte der Dr. phil.

Er hatte es nicht mehr weit bis zur Schule. Auf der gegenüberliegenden Straßenseite sprangen einige Schüler der oberen Klassen aus der Tram und stürmten in die Bäckerei, um sich mit süßem Gebäck zu versorgen. Es war unglaublich. Die Wirtschaftslage war katastrophal, die Arbeitslosigkeit lag bei 5,5 Millionen und diese jungen Leute, die Gott danken sollten, überhaupt noch zu Bürogehilfen und Angestellten in Mannheimer Behörden ausgebildet zu werden, verschleuderten ihre Groschen für gesundheitsschädliches und völlig unnützes Naschwerk. Sie gaben sich sorglos. Sie verweichlichten. Immer wieder predigte er ihnen, dass in diesen von Krisen gebeutelten Zeiten nur der starke, der willensstarke Mensch obsiegte. Aber es nützte offenbar nichts. Es würde ein böses Ende mit ihnen nehmen. Leider wohl auch mit seinem Fredy, der es offenbar doch nicht schaffte, sein Leben in den Griff zu bekommen. Der Gedanke, dass er sich womöglich wieder etwas antat, machte ihn rasend, schmerzte auch.

Mit bitterer Miene stapfte er die Stufen zum Schulgebäude hoch, fest entschlossen, dem ersten seiner eine Gebäcktüte in der Hand haltenden Schüler, einen Besinnungsaufsatz über das Thema »Selbstdisziplin und Überlebenswille« aufzubrummen.

Überraschender Besuch von Marie. Große Freude! Sie hat viel Schweres durchgemacht, aber jetzt geht es ihr gut. Sie kommt mir verjüngt vor, durchstreift mit mir die Stadt. Leider immer noch unbeständiges Wetter, kühl und regnerisch. Waren im Museum. Im Kino. Kann mit ihr über alles reden. Lebendiger Austausch über meine schriftstellerischen Pläne. Sie macht mir Mut …

»Du hast mir gefehlt«, sagte er. »Ich war nahe dran, dir nachzureisen.« Betti griff nach seiner Zigarette und nahm einen Zug.

»Ich habe dich auch vermisst«, sagte sie. Sie lagen dicht beieinander. Draußen war es dunkel, eine tiefschwarze Nacht. Sie gab ihm die Zigarette zurück. »Hast du was geschrieben?«

»Nicht viel«, sagte er. »Ich hab meistens an dich gedacht.«

»Und? Was hast du gedacht?«

»Was du gerade tust. Wie es auf der Bühne ist, was ihr nach den Aufführungen noch unternehmt.«

Sie zuckte unmerklich die Achseln.

»Wir hatten noch eine zusätzliche Vorstellung in Baden«, sagte sie. »Du warst ja auch mal dort, habe ich gehört.«

»Ja«, sagte er. »Das weißt du doch. Bevor ich zur Legion kam.«

»Man hat mich darauf angesprochen.« Er wandte sich zu ihr, suchte ihren Blick. Sie sah ihn an. »Was war mit dieser Frau?«

»Du meinst die Leute, bei denen ich gewohnt habe? Dieses Strindberg-Paar?«

»Erzähl mir deine Version.«

»Betti, das ist … das ist einige Jahre her. Es war … es waren Missverständnisse. Warum sollen wir jetzt darüber reden? Es war nichts weiter.«

»Ihren Mann beschäftigt es aber noch.«

»Ihr Mann – mein Gott! Er sollte ihr mehr Aufmerksamkeit schenken, dann … dann wären beide glücklicher.«

Betti schüttelte leicht den Kopf.

»Kannst du nicht einmal ehrlich sein? Mir wirklich alles sagen?«

»Das tu ich doch!« Er stand abrupt auf und zog sich das Hemd über. »Ich erzähle dir alles! Alles, was mich beschäftigt, was mir im Kopf herumgeht und was mich quält! Aber du gibst dich nie zufrieden! Nie!« Er wich ihrem Blick aus, bückte sich nach seiner Hose. »Was willst du denn noch hören? Dass ich einmal, ein einziges Mal diese bedauernswerte Frau umarmt habe? Ist es das? Oder soll ich auch noch sagen, dass ich – ich war an dem Abend betrunken, ja! Ja – betrunken und voller Wut, weil ihr selbstgefälliger Mann nichts, aber auch rein gar nichts von ihr begriff!« Er zurrte den Hosengürtel fest. »Du hättest dich sicher gut mit ihm verstanden!«

»Das habe ich«, sagte sie. Sein Gesicht versteinerte sich.

»Ja – ja«, sagte er gepresst. »Ich sehs genau vor mir, wie du ihm an den Lippen hängst – diesem satten Bürger, diesem Spießer!«

Sie erwiderte nichts, sah ihn nur an. Ihre Augen waren umschattet. Er lachte ein hartes Lachen.

»Dann tu dich doch mit ihm zusammen«, sagte er noch und ging hinaus, verließ das Atelier, das Haus Nr. 19 in der Rue Daguerre, und lief ziellos davon.

Man kann ihn nicht frei herumlaufen lassen

… hier nun mein Bericht über die Ereignisse der letzten Wochen.

F. G. kam am Vormittag des 1. Juni zu mir nach Mannheim. Er hatte sich nicht angekündigt, und ich war völlig überrascht, als ich ihn nach meinem Unterricht in der Schule bei mir zu Hause antraf. Die Haushälterin hatte ihn hereingelassen. Er erklärte mir, dass es ihm unmöglich gewesen sei, auch nur einen Tag länger in Paris zu bleiben. Das Geld war ihm ausgegangen, er hatte die Miete nicht mehr zahlen können, und seine Freundin war schon zurück in die Schweiz gereist. So bat er mich, ihn vorerst bei mir zu behalten. Anfangs sträubte ich mich, denn meine Frau war zur Kur, und ich hatte in Hinsicht auf meine bevorstehende Pensionierung noch etliche damit verbundene Angelegenheiten zu erledigen. So hatten wir erst einmal eine heftige Auseinandersetzung. Zum Abend hin aber hatte ich mich besonnen und entsprach dann doch seinem Wunsch, ihn in meinem Hause seinen Roman fertig stellen zu lassen.

Darum allein aber ging es ihm nicht. Er wollte auch die Frage nach seiner Verheiratung mit der Freundin geklärt haben. Sie als sein Vormund kennen meine Meinung dazu und werden Sie teilen. Denn einmal abgesehen davon, dass F. G. unter Kuratel steht und nach wie vor nicht in der Lage ist, seinen eigenen Lebensunterhalt zu gewährleisten, hat nach all dem, was auch Ihnen bekannt ist, dieses Fräulein Bernadette einen denkbar schlechten Einfluss auf meinen Sohn. Das ihm gegenüber zur Sprache gebracht, konnte er nicht entkräften. Einlenkend gestand er schließlich sogar ein, selbst seine Zweifel an einer dauerhaften glücklichen Beziehung mit ihr zu haben. Er war innerlich ziemlich zerrissen.

Wie unheilvoll sich das äußerte, blieb mir vorerst verborgen. Ich registrierte lediglich, dass er dann schon frühmorgens an der Schreibmaschine saß und meist bis in den Abend hinein tippte. Meine Haushälterin bestätigte, dass er so gut wie nie aus dem Haus ging, und wenn, nur kurz zum Tabakladen, um sich mit Rauchwerk zu versorgen. Ich hatte ihm ein kleines Taschengeld zugebilligt, verschaffte ihm später aber auch die Möglichkeit, sich mit Privatstunden etwas dazu zu verdienen. So führte er denn auch in meinen Augen über gut drei Wochen hinweg ein äußerst geregeltes Leben. Von seiner Freundin war nicht mehr die Rede. Wir sprachen beim Nachtessen zumeist über das hiesige politische Klima. Er gedachte, einen Artikel über die anstehenden Reichstagswahlen zu verfassen. Wir besuchten gemeinsam eine landwirtschaftliche Ausstellung – kurz, es waren durchaus angenehme Tage. Sicher auch, weil wir nicht an Vergangenes rührten.

Umso größer war mein Entsetzen, als mir F. G. am Abend des 28. Juni unter polizeilicher Bewachung vorgeführt wurde. Er war zwanzig Schritte von einer Apotheke entfernt auf offener Straße verhaftet worden. Unverblümt gab er zu, sich schon seit seiner Ankunft bei mir in Mannheim regelmäßig mit gefälschten Rezepten Opium beschafft zu haben.

Er gestand ebenfalls, dies auch schon in Paris getan zu haben.

Sie können sich denken, wie mir daraufhin zumute war. Ich war dermaßen enttäuscht, dass ich kein einziges Wort mehr mit meinem Sohn zu wechseln vermochte.

Nun sitzt er im Gefängnis und wartet auf sein Strafverfahren. In diesem Zusammenhang will ich Ihnen noch mit-

teilen, was mir bei Durchsicht seiner noch bei mir liegenden Schriften in die Hände gefallen ist.

Es ist eine Passage aus einer Erzählung über seine Morphiumsucht, die er offenbar auf Bestellung für eine schweizerische Zeitschrift geschrieben hat: »Durch die überenergische Haltung meines Vaters wurde ich in eine passive, weibliche Rolle gedrängt. Ich versuchte, mich auf Schleichwegen zu behaupten, durch Katastrophen immer wieder das verlorene Interesse des Vaters zu erringen. Zufrieden war ich immer erst, wenn ich im Gefängnis oder im Irrenhaus war.«

Sie sehen, dass er es wieder einmal so zu drehen versteht, mich als den an seiner Charakterschwäche Schuldigen hinzustellen. Ich bin nun endgültig der festen Überzeugung, dass man ihn wirklich nicht länger frei herumlaufen lassen kann …

Sie stiegen aus dem Zug, und die beiden Schupos wechselten einen Blick. »Kaffee?«, fragte der eine.

»Ein Wurstbrot«, sagte der andere. Er wandte sich an Glauser. »Willst du auch was?«

Glauser lächelte schief.

»Ich hab grad noch genug Geld für die Fahrkarte nach Zürich.«

»Macht nichts«, sagte der erste Schupo. »Du hast uns gut unterhalten, das soll uns einen Happen wert sein.« Er strebte schon das Bahnhofsgebäude an. Glauser griff seinen abgewetzten Koffer und folgte den beiden Schupos. Sie waren von gleicher Statur, beide groß gewachsen und mit breiten Schultern. Ihre Tschakos glänzten im Licht der frühsommerlichen Morgensonne. Weit vor Tagesanbruch hatten sie ihn aus dem Verlies geholt, wortkarg noch und ständig gähnend. Ihre Müdigkeit aber war während der Fahrt zur Schweizer Grenze verflogen. Er hatte ihnen von seinen Erlebnissen in der Legion erzählt.

»Das Buffet ist recht ordentlich«, sagte er, als er mit ihnen die Halle betrat. »Ich hab hier schon mal zur Nacht gegessen.«

»Du warst wohl schon überall«, sagte der eine Schupo. Er unterschied sich von dem anderen nur durch enger stehende Augen und seine Mundpartie. Er hatte schmale Lippen und einen Überbiss.

»Nicht überall, aber man ist weit herumgekommen. Das ist wahr. Jetzt wünsch ichs mir ein wenig ruhiger.«

Sie entschieden sich für einen Tisch, von dem aus sie den gesamten Gastraum überblicken konnten.

Die Kellnerin kam, und die beiden Schupos bestellten Kaffee und belegte Brote, baten noch um sechs Packungen Zigaretten und ließen sich überreden, zu dem Kaffee einen Kirsch zu nehmen.

»Ein hübsches Mädel«, sagte der schmallippige Schupo, als sie dann zurück zur Theke ging. Er legte die Stirn in Falten und blickte Glauser forschend an. »Wie ist das eigentlich als krankhaft Süchtiger? Geht da noch was mit Frauen?«

Betti sah sich in dem Zimmer um. Es war unverändert.

»Du kannst vorerst bleiben«, sagte Mona. »Der Paul will morgen mit mir in die Berge. Und dann bin ich sowieso meist bei ihm.«

»Hast keine Arbeit mehr?«

Mona machte eine flüchtige Geste.

»In der Versicherung wars auf die Dauer unangenehm. Wenn du siehst, wie sie die armen Teufel hereinlegen. Ich hab was angespart und der Paul – ich helf ihm in der Kanzlei aus. Ich denk, wir werden heiraten.«

»Du willst heiraten?«

»Der Paul hat sich die Hörner abgestoßen.« Sie lachte. »Vielleicht kaufen wir uns hier in der Gegend ein Häuslein.«

Betti setzte sich auf die Bettkante und stützte die Arme auf.

»Ein Häuslein«, sagte sie. Es klang ein wenig traurig. Mona trat zu ihr.

»Neidest dus mir?«

»Nein – nein, entschuldige. Der Claus wünscht sich auch so was. Im Süden allerdings, am Meer.«

»Und warum machst dann so ein Gesicht?«

»Ich glaub, da wird nie was draus. Und wenn, dann weiß ich nicht, ob ichs noch will.«

»Das hört sich nicht mehr nach dem großen Glück an«, sagte Mona. »Komm, wir hocken uns hinten auf den Balkon und trinken ein Glas. Und dann erzählst mir alles haarklein. Einrichten kannst dich ja später noch. – Das heißt, der Theo, der Cellist, weißt, der feiert drüben in Seen zur Nacht hin ein kleines Fest …«

Marie stellte ihm den Teller hin. Sie hatte ihm Spaghetti zubereitetet, mit Speck und Pilzen und fein gehackter Petersilie.

Er griff nach der Gabel, zögerte.

»Fang ruhig schon an«, sagte sie. »Ich mag nichts mehr. Wir hatten heute vom Verlag ein langes Mittagessen. Trinkst einen Roten oder lieber einen Weißen?«

»Einen Weißen, wenn es keine Umstände macht.«

Sie ging noch einmal in die Küche.

»So ein Wetter hätten wir in Paris haben sollen«, sagte sie, als sie sich mit Flasche und Gläsern zu ihm an den Tisch setzte. Sie trug eine helle, locker fallende Bluse und hatte ihr dichtes blondes Haar hoch gesteckt. »Aber es war trotzdem schön. Ich denke noch oft daran.«

»Ja«, sagte er. »Ja, ich auch.« Er öffnete die Flasche und schenkte ein. »Ich möchte Ihnen sagen …«

»Fredi«, unterbrach sie ihn. »Wir sollten endlich zum Du übergehen. Wir kennen uns jetzt lange genug.«

»Viele Jahre – ja. Auch wenn ich mitunter arg schreibfaul war.«

»Das warst du nicht. Allein die Geschichten, die ich im Büro liegen hab – ich bin sicher, dass wir sie noch veröffentlichen werden«, sagte sie und zuckte entschuldigend die Achseln.

»Das würde mich freuen.« Er hob das Glas. Sie stießen an.

»Sie – also dann du – du hast ja schon immer viel für mich getan – Marie.« Er machte eine kleine Pause, schaute auf seinen Teller. »Ich hab oft darüber nachdenken müssen.«

»Über mich?«

Er ging nicht darauf ein.

»Ich habs nicht verdient«, sagte er. »Ich enttäusche alle Leut und gerade die, die es wirklich gut mit mir meinen.«

Marie sah ihn an. Sie schwieg. Sie musterte sein schmales, eingefallenes Gesicht, seine tief liegenden Augen, die in die Stirn fallenden Haare, die etwas abstehenden Ohren, seine Nase, seinen Mund. Er sah alt aus und doch kindlich. Ein alt gewordenes Kind, das nun zaghaft lächelte.

»Ach, weißt du«, sagte sie schließlich. »Ich würd dennoch nicht aufhören, an dich zu glauben. – Außerdem hatte ich ja auch noch keinen Grund.«

Er verstärkte sein Lächeln, nickte und begann zu essen. Sie ließ ihn einen Moment allein, ging nach nebenan in ihr Schlafzimmer, und als sie zurückkam, hatte sie Decken und ein Kissen dabei.

»Du kannst auf der Couch schlafen«, sagte sie und legte das Bettzeug ab. »Und du kannst bleiben, so lange du willst. Ich zeig dir noch, wo der Kaffee steht und …«

»Nein, nein«, unterbrach er sie hastig. Er schluckte den letzten Bissen hinunter. »Ich reise gleich morgen früh weiter. Ich muss nach Münsingen, das hab ich dem Vater zugesichert. Und bis dahin – ich werd noch ein wenig umherlaufen.«

Marie seufzte.

»Glaubst du, dass du keinen Schlaf findest?«, fragte sie. Sie zog ihren Stuhl heran und setzte sich wieder zu ihm. »Ich werd dir was geben.«

»Das … das ist es nicht.« Er wich ihrem Blick aus. »Ich … ich mag Sie … ich mag dich zu sehr. Das … das wäre nicht gut.«

Marie lehnte sich zurück. Sie schloss kurz die Augen und schüttelte mehrere Male leicht den Kopf.

»Ob es gut wäre«, sagte sie nach einer Weile, »weiß ich auch nicht. Wünschst du es dir denn?«

»Es macht mir eine furchtbare Angst.«

Sie zögerte noch einen Moment, bevor sie nach seiner Hand griff.

»Wir wollen nicht verlieren, was wir bislang miteinander hatten«, sagte sie. »Ich möchte, dass wir Freunde bleiben.«

Eine dunkle Wolke zog auf, und die ersten Regentropfen fielen. Gleich würde es heftig auf ihn herunterprasseln, es nützte nichts, schneller zu gehen, und es war auch kein Unterstand in Sicht. So ging er weiter wie bisher, den Koffer in der einen Hand, mit der anderen hielt er den Mantelkragen zusammen.

Der Regen fuhr ihm jetzt mit seinen nassen Fingern in die Augen, und er sah sich mit einem Mal als jemanden, der aus dem Dunst herankam, aufrecht und entschlossen, das ihm Auferlegte ohne Klagen zu ertragen. Es war eine Arbeit, eine Arbeit an sich selbst, und er glaubte die Stimme seines Vaters zu hören, der sich wohlwollend dazu äußerte.

Der Arzt hatte struppiges braunes Haar und trug eine Brille.

Er legte das Schreiben beiseite und stand von seinem Schreibtisch auf. »Dann wollen wir mal sehen, was mit Ihnen ist«, sagte er freundlich. »Ziehen Sie sich bitte bis auf die Unterhose aus.«

Glauser tat es. Er stellte die Schuhe nebeneinander, faltete sorgfältig Hemd und Hose zusammen.

Der Arzt bat ihn, sich aufrecht hinzustellen.

Er bat ihn, die Arme zu ihm hin auszustrecken und die Augen zu schließen.

»Berühren Sie jetzt bitte mit dem rechten Zeigefinger Ihre Nasenspitze.«

Glauser traf seine linke Wange.

»Versuchen Sie es noch einmal«, sagte der Arzt.

Glauser tippte auf das linke Augenlid.

»Und noch einmal.«

Und wieder verfehlte Glauser die Nasenspitze.

»Tut mir leid«, sagte er.

»Das muss Ihnen nicht leid tun«, sagte der Arzt. »Es gibt Schlimmeres. – Jetzt bitte mit links, mit dem linken Zeigefinger.« Auch das klappte nicht.

Der Arzt sagte ihm, dass er die Augen wieder öffnen könne.

Er ließ ihn jetzt erst auf dem rechten Bein und dann auf dem linken Bein stehen. Mit dem angewinkelten rechten Bein konnte Glauser sich nur einige Sekunden halten.

Der Arzt bat ihn, sich umzudrehen. Vom Nacken an klopfte er ihm die Wirbelsäule ab.

Glauser verkrampfte sich, biss die Zähne zusammen.

»Wo genau tut es Ihnen weh?«, fragte der Arzt. »An welchen Stellen?« Er klopfte ihn erneut ab. Glauser sagte ihm, wo es besonders stark schmerzte.

Danach wurde er gebeten, sich auf der Liege auszustrecken, auf den Rücken.

Der Arzt tastete seinen Bauch ab. Tastete und drückte.

Knapp über dem linken Beckenknochen war der Druck unerträglich.

Glauser konnte einen Schmerzensschrei nicht unterdrücken.

Er schrieb ihr aus dem Spital. Er schrieb ihr in die Praxis. Mit der Betti sei es aus, schrieb er. Für ihn urplötzlich habe sie geheiratet, einen Cellisten. Er könne sie verstehen, aber es schmerze ihn dennoch zutiefst. So tief, dass er sich sogleich ein Ulcus eingehandelt habe. Das wiederum sei zum Lachen.

Ira konnte nicht einmal darüber lächeln.

Sie las seinen Brief mehrere Male, immer dann, wenn sie einen weiteren Patienten aufgerufen hatte.

Claus schrieb auch, dass er ab Anfang Dezember wieder in Münsingen sei: *Das kennst ja schon von mir, liebste Ira, es sind die alten Geschichten, es will halt immer noch nicht so recht klappen. Vielleicht besuchst Du ja über Weihnachten Deine Eltern, dann könnten wir uns sehen. Oder bist Du weiterhin dem Schorsch verpflichtet? Das fände ich schade, denn hör, ich sehn mich nach dir. Ich lass Dir schon mal was von mir zum Lesen zukommen, es ist eine Art Bericht. Stör dich nicht an dem Wort »Beichte« im Titel. Das hat die Redaktion eingefügt, und ich finds doch arg peinlich. Aber wahr ists, was ich mir da von der Seele geschrieben hab.*

Es ging schon auf acht zu, als sie endlich Feierabend machen konnte. Sie ging in das kleine Bistro, bestellte einen Roten und setzte sich damit ans Fenster. Noch einmal las sie den Brief. Beim zweiten Glas entschloss sie sich, gleich morgen um Urlaub zu bitten. Was Schorsch dazu sagen würde, war ihr egal. Sie war fest davon überzeugt, das einzig Richtige zu tun, wenn sie zu Claus fuhr und ihm direkt sagte, was sie für ihn empfand.

Er betrat die Konditorei auf der Bahnhofstraße und ging hinauf in das Café. Auf der Schwelle aber blieb er abrupt stehen. Die Frau des Galeristen blickte ihm entgegen, die geschiedene Frau. Sie nickte ihn heran. Er zwang sich ein Lächeln ab und verbeugte sich leicht.

»Gnädige Frau – welch ein Zufall«, sagte er. »Erholen Sie sich auch von den Weihnachtseinkäufen? Es ist ja überall ein furchtbares Gedränge. Ganz Zürich scheint auf den Beinen zu sein.«

»Ich verreise über die Festtage«, sagte sie. »Aber nehmen Sie doch Platz. Wir haben uns ja seit einer Ewigkeit nicht mehr gesehen.«

»Nun ja – die Arbeit.« Er legte seine Geschenkpakete ab und schälte sich seufzend aus dem Mantel. »Sie verreisen?«, fragte er, als er sich umständlich den Stuhl zurechtrückte.

»Zu Freunden«, sagte sie. »Ins Emmental – in die Nähe von Münsingen.«

»Nach Münsingen – hm, hm.« Er hielt nach der Serviererin Ausschau. Wenigstens auf einen Kaffee musste er es wohl aushalten. Die gnädige Frau nippte an ihrer Schokolade und strich dann flüchtig über ihre Lippen. Was hatte ihr ausgemusterter Gatte noch über sie gesagt? Eine kühle Fassade, aber dahinter eine Leidenschaft – o, là, là! Richtig. Ihre blöde Nichte hatte sogar gemutmaßt, dass sie nicht ausschließlich ihren ehelichen Pflichten nachgekommen war.

»Nach Münsingen«, wiederholte er. »Darf ich daraus schließen, dass Sie dann auch Ihren … dass Sie den Glauser sehen?«

»Wenn es sich ergibt.« Sie nickte bekräftigend. »Ja. – Soll ich ihm etwas ausrichten?«

»Nun ja.« Er räusperte sich. Die Serviererin kam an den Tisch, und er bestellte knapp, gab sich dann einen Ruck. »Ich will es unverblümt sagen, gnädige Frau. Was er da in Ihrer Zeitschrift veröffentlicht hat – diese Morphium-Geschichte – das schadet ihm doch ganz gewaltig. Nicht nur seine Familie ist empört, auch seine Ärzte sind mehr als verärgert. Seine unglaublichen Beschuldigungen …«

»Entschuldigen Sie«, unterbrach sie ihn. »Es ist ein Bekenntnis, es ist seine Wahrheit, und die kann und darf ihm niemand streitig machen.«

»Ach was! Der Kerl hat Rücksichten zu nehmen.« Er war laut geworden. Einige Gäste sahen peinlich berührt herüber.

Die gnädige Frau schüttelte den Kopf. »Er befreit sich«, sagte sie ruhig. »Er spricht offen und ehrlich aus, was er alles mit sich herumträgt. Und er fragt nach den Gründen. Dabei Rücksicht zu nehmen …«

»Jawohl! Das hat er!«

»Dabei Rücksicht zu nehmen, hieße unwahrhaftig zu sein und wäre – auch literarisch – von keinerlei Bedeutung.«

»Das ist«, setzte er an. »Das ist … das ist doch purer Unsinn! Jetzt sollen diese Indiskretionen auch noch Literatur sein! Nein, nein – er hat ein gewisses Talent, sicher. Er mag auch weiterhin fabulieren, aber solche ›Bekenntnisse‹ hat er einzig und allein seinem Vater gegenüber zu machen – in einem absolut intimen Gespräch, gnädige Frau! Und ihn um Verzeihung zu bitten! Alles andere ist ungehörig und wird noch – ja, das hat noch Konsequenzen.«

»Und die sind?«, fragte sie.

Er lehnte sich zurück, schob zwei Finger unter den Hemdkragen und ruckte kurz und heftig mit dem Kopf.

»Sie können ihn davon in Kenntnis setzen, dass ich daran denke, meine Vormundschaft niederzulegen«, sagte er. Er sagte es mit erhobener Stimme. Er sagte es triumphierend. Und er zückte seine Geldbörse, legte einen Schein auf den Tisch und griff nach seinem Mantel und den Geschenken. »Das ist keine leere Drohung«, fügte er noch hinzu. »Ansonsten frohe Feiertage und – nun ja, man wird zweifellos noch voneinander hören.«

Sie saßen an den Tischen in dem mit sattem Orange gestrichenen Raum. Mit ihm waren es zwölf Männer. Da saß der kleine Hans, ein schmaler Bursche, den Kopf wie immer nach links zur Schulter hin geneigt, der seine Finger abzählte und fröhlich lachte, wenn er den Daumen umfasste. Manchmal schlug dann der Herr Bertold mit der flachen Hand hart auf den Tisch und sagte so was wie: »Leg Kohlen nach, du alte Hex'!« Der Herr Bertold war der Älteste von ihnen, schon weit über sechzig. Er war ansonsten ein ruhiger und besonnener Mann. Nur wenn es draußen dunkel wurde, schimpfte und fluchte er über die alte Hexe, die ihn frieren ließ oder ihm nichts Ordentliches zu essen hinstellte.

Die beiden Schachspieler kümmerte das nicht. Der eine war aus Böhmen und sagte ohnehin nie ein Wort, und der andere, ein aus Bern stammender ehemaliger Notargehilfe, murmelte unentwegt auswendig gelernte Endspieltheorien von Johann Nepomuk Berger vor sich hin.

An dem Vierertisch saßen die Geselligen, die an diesem Abend aus gegebenem Anlass über Maria und Josef, über die unbefleckte Empfängnis, die Geburt Jesu im Stall von Bethlehem und die Heiligen Drei Könige debattierten, recht vernünftig, wie ihm schien.

Auch der bis zum Hals in eine Rot-Kreuz-Decke gehüllte »Seher« hatte heute noch vor keinen aus der Wand hervortretenden Soldaten mit Gasmasken gewarnt. Er zitterte lediglich ein wenig. Allein der Jacob, ein winziges Männlein mit einem Ziegenbart, sprang hin und wieder vom Tisch auf, rannte ein, zwei Mal im Kreis herum und rief dazu: »Ee, ee, ee, der Esel schreit oh weh, man steckt ihn in das Wannebad, bei hundertachtzig Grad!«

»Ee, ee, ee, der Esel schreit oh weh!«

Es klang elendig, und der Elfte von ihnen knirschte heftig mit den Zähnen und ballte die Fäuste.

Es war ein gut aussehender Mann mit strammer Haltung, und er erinnerte ihn ein wenig an den Leutnant Mauriot in dem Posten Gourrama. Robert Maurer hieß er, und er kam aus dem Wallis, hatte auf einem Berghof gearbeitet und galt als gemütskrank. Doch er war der Einzige, mit dem er über Bücher reden konnte. Der Robert las alles, was ihm in die Hände kam und äußerte kluge Gedanken dazu. Seit einigen Tagen hatte er sich »Schuld und Sühne« vorgenommen und unterstrich auf fast jeder Seite einen Satz oder auch nur ein Wort.

»Ich drück ihm noch die Gurgel zu, dem elenden Jud«, sagte er jetzt. »Ein Mord wirds sein im Dienste der höheren Gerechtigkeit.«

»Ach, was. Ich glaub, du könntest keiner Fliege was zuleide tun.«

Der Robert blickte auf seine Hände. Er starrte eine ganze Weile darauf und zuckte schließlich die Achseln.

»Wer weiß schon, wann man zum Werkzeug bestimmt wird«, meinte er dann. Und just in dem Moment ertönte aus dem Lautsprecher über der Tür ein Orgelspiel und helle Knabenstimmen sangen: *Vom Himmel hoch, da komm ich her …* Die Pfleger kamen herein und stellten bunte Pappteller mit Gebäck und große, blecherne Kaffeekannen ab. Es war die Bescherung. Mehr würde es nicht geben, das wusste er. Die Geselligen unterbrachen ihre Mutmaßungen über den Sternenhimmel und den eigentlichen Besitzer des Stalls in Bethlehem und machten sich sofort daran, ihren Teller unter sich aufzuteilen. Es war abzusehen, dass sie sich gleich streiten würden. Und so stand er auf und ging an das hintere Fenster, um etwas Abstand von ihnen zu haben. Er sah hinaus auf den schneebedeckten Hof. Eine Krähe flatterte darüber hinweg.

In der Nacht träumte er, dass die Betti an seinem Bett saß. Sie hielt einen kleinen Revolver in der Hand und sagte mit leiser Stimme: *Nun läufst nicht mehr davon.* Sie sagte noch mehr, aber er wollte es nicht hören. Er wollte sich die Wolldecke über den Kopf ziehen, doch er konnte sich nicht rühren. Darüber wachte er auf.

Am zweiten Weihnachtstag gelang es ihm, sich nach dem abendlichen Rundgang der Pfleger unbemerkt aus der Anstalt zu schleichen. Auf der Allee beschleunigte er seine Schritte. Im Wirtshaus angekommen, bat er, telefonieren zu dürfen.

Ira versprach, sich umgehend auf den Weg zu machen. Als sie eine Viertelstunde später die Wirtsstube betrat, zahlte er das Telefonat und den Schnaps, den er sich gegönnt hatte. Er ging mit ihr hinaus.

»Ich will nicht, dass man uns belauscht«, sagte er. Sie nickte und hakte sich bei ihm ein.

»Wir können zum Bahnhof«, sagte sie. »Da ist um die Zeit kaum jemand.«

»Lieber wäre mir, schon ein Stück zurück zu gehen. Ich möchte wieder auf der Station sein, bevor man mein Fehlen entdeckt. Das verstehst doch.«

»Was hast mir denn so Dringendes zu sagen?«

»Ich hab über uns nachgedacht«, sagte er und blieb kurz stehen, um sich eine Zigarette anzuzünden. »Komm«, sagte er dann. »Gib mir deine Hand, ich will sie drücken. Denn weißt, du bist ein so lieber Mensch und ich … ich seh mich dagegen und all die Katastrophen in meinem Leben.«

»Daran hast du nicht allein Schuld.«

»Wer sonst, Ira? Wer sonst? Schau, ich sollt doch einen eigenen Willen haben, sollt wissen, was richtig und was falsch ist, und doch gelingts mir nicht. Jetzt büß ich wieder einmal dafür, sitz fest in der Anstalt, und ein Jahr mindestens wirds sein.«

»Das bleibt abzuwarten«, sagte sie.

»Nein«, sagte er. »Ich werd bestenfalls ein eigenes Zimmer bekommen, werd schreiben dürfen und vielleicht auch ein paar Stunden Ausgang haben, aber … ich kann auch die Betti noch nicht vergessen«, schloss er übergangslos.

Sie ließ sich nichts anmerken, hielt mit ihm Schritt auf dem vom Schnee freigeschaufelten Weg. Es waren nur noch ein paar Häuser, dann führte die Straße durch die Landschaft zu dem roten Ziegelbau mit den vielen Türmen und Türmchen, der Anstalt.

Iras Schweigen dauerte an. Er rauchte die Zigarette herunter und schnippte die Kippe weg.

»Nun sag doch etwas«, bat er.

»Was soll ich sagen?«, sagte sie und entzog ihm ihre Hand. »Ich hab mir nicht erhofft, dass wir ein Paar werden. Ich hab dir nur sagen wollen, wie gern ich dich hab. – Ich werd mich vom Schorsch trennen – ja. Aber das heißt nicht, dass ichs im Hinblick auf ein Leben mit dir tu.«

»Du … du bist mir nicht böse?«

»Ach, Claus«, sagte sie. »Wie sollte ich das sein? Nimms einfach so an. Man kann doch auch lieben, ohne einander zu bedrängen.«

Er suchte ihren Blick, und sie sahen sich an.

Sie lächelte.

Er umarmte sie. Er streichelte ihren Nacken, streichelte ihn immer wieder und küsste sie dann auf die Stirn. Ihm war nun leicht ums Herz.

Der Analytiker stand am Fenster. Er rauchte eine Zigarre und dachte an die Berichte und Gutachten, die er bis zum Jahresende noch zu schreiben hatte. Seine Frau kam aus dem Wohnzimmer zu ihm.

»Ich hab die Kerzen am Baum gelöscht«, sagte sie. »Machen wir noch einen kleinen Spaziergang? Es ist so eine schöne, klare Nacht.«

»Gern«, sagte er. Doch als er sich ihr zuwandte, stutzte er. Jemand huschte unten über den Hof. »Das ist ... das ist doch der Glauser!«

Seine Frau sah mit ihm hinaus.

»Der Glauser?«

»Da – da drüben! Da drückt er sich an die Wand! Mein Gott – er hat wieder eine Lücke gefunden, durch die er entwischen kann! Wahrscheinlich einen Helfershelfer! Einen Pfleger!«

»Aber er ist doch ...«

»Er ist unbelehrbar!« Der Analytiker trat vom Fenster zurück, ging zu seinem Schreibtisch und klopfte die Zigarre im Ascher ab. »Er provoziert mich«, sagte er ärgerlich. »Er weiß, dass es mir früher oder später zu Ohren kommen wird und ... und er erwartet, bestraft zu werden. Von mir, Jutta, von mir.«

»Das würdest du doch nicht.«

»Nein, natürlich nicht.« Er atmete tief durch. »Das genau ist es ja. – Ich bin sein Arzt, sein Analytiker, und ich arbeite daran, dass er mir vertraut, dass er sich mir ganz öffnet.« Er rieb sich die Stirn. »Ja«, fuhr er fort. »Ja, er öffnet sich und ich … ich halte Distanz, halte an der Arzt-Patient-Beziehung fest. Die will er durchbrechen, verstehst du?«

»Ja«, sagte sie. »Nein – nein, nicht so richtig. Was wäre denn dann? Ich meine, würde es ihm etwas nützen?«

»In seinem Verständnis schon. – Du, es ist doch so: Niemand ist ohne Fehler, jeder Mensch hat seine Schwächen. Offenbare ich ihm meine, entschuldigt das seine. – Ja, es ist wirklich so einfach. Er bekäme sozusagen Absolution. Für alles – für alles, was er sich und anderen antut.«

Seine Frau setzte sich auf die Récamière. Sie lehnte sich zurück und legte die Beine hoch.

»Hast du ihm das schon mal gesagt?«

»Nein«, gestand er. »Nein, das habe ich nicht.« Er sog an seiner Zigarre und blickte den aufsteigenden Rauchfäden nach. »Ich weiß auch nicht, ob es richtig wäre.«

»Richtig?«

»Professionell«, korrigierte er sich. Seine Frau schien darüber nachzudenken.

Er fand keine Ruhe in dieser Nacht, und er zählte die Minuten, die Stunden … *die Stunden wandern, sie sind karg und grau* … sie zogen dahin, beladen mit Gedanken, mit trüben und mit lichten Gedanken, Gedanken einer unendlich langen Karawane gleich, und es erklang eine Stimme wie aus einem Grammophon: *Wir treiben haltlos durchs Leben und schlafen … und schlafen … und schlafen, verwirrt, hinüber …*

Tatort Waldau

Es war der letzte Punkt der alltäglichen Dienstbesprechung im Zimmer des Direktors.

»Unser Neuzugang«, sagte er. »Glauser, Friedrich Charles Glauser, geboren am 4. Februar 1896 zu Wien.« Er lupfte kurz die vor ihm liegende umfangreiche Akte an. »Wie Sie sehen, meine Herren, wäre viel über ihn zu berichten. Ich will mich auf das Wesentliche beschränken. Dieser Glauser ist ein seelisch abwegiger Mensch. Er ist krank, krank an Körper und Seele. Ob eine erbliche Belastung vorliegt, lässt sich nicht mit Sicherheit sagen. Tatsache hingegen ist, dass seine Kindheit und auch Jugend alles andere als gradlinig verlief. Nach Angaben seines Vaters, immerhin ein angesehener Handelsschulprofessor, machte er ständig Schwierigkeiten, stahl ohne Not und floh von zu Hause, gab sich als Schüler Äther- und Chloroformexzessen hin und geriet als Student in extrem revolutionäres Fahrwasser.« Er warf einen Blick in die Runde seiner Oberärzte. Nur einer machte sich Notizen. Es war der, den er persönlich am wenigsten schätzte – Botelli, ein dickleibiger Halbitaliener, rein fachlich akzeptabel, aber von einer Penetranz ohnegleichen.

Der Direktor räusperte sich.

»In extrem revolutionäres Fahrwasser«, betonte er. »Dadaisten, Anarchisten – vermeintliche Künstler und angebliche Weltverbesserer. Infolgedessen der in diesen Kreisen übliche Kokainkonsum, Opiate und …«

»Der übliche?«

»Ja, der durchaus übliche, Herr Kollege. In der Hinsicht habe ich als seinerzeit in Zürich praktizierender Arzt entsprechende Kenntnisse – bei in- und ausländischen Subjekten, die zwangsläufig dem Irrsinn anheim gefallen sind. Dieser Glauser jedenfalls wurde seitdem etliche Male inhaftiert. Er saß in Genf und Bellinzona ein, und seine Internierungen in schweizerische Anstalten erfolgten in immer kürzeren Abständen. Aber alle Versuche, ihn von diesen unheilvollen Giften zu entwöhnen, schlugen bislang fehl. Er unternahm etliche Selbstmordversuche und nun haben wir ihn hier bei uns in der Waldau – ein Demonstrationsobjekt par excellence, würde ich sagen. In Münsingen kam man nicht mehr mit ihm zurecht. Er hat dort mit einer Pflegerin angebändelt – eine widerwärtige Affäre.« Er fixierte Botelli. »Ich denke, das ist ein Fall für Sie, Kollege Botelli.«

Botelli kritzelte noch etwas in seinen Block und hob dann den Kopf.

»Das denke ich auch«, sagte er. »Wenn Sie mir dann bitte die gesamte Akte überlassen würden.«

Die noch kalte Märzsonne stand dicht über dem einer Trutzburg ähnelnden Gebäude. Sie schien auf die das Gelände umschließenden hohen Mauern, sie schien von einem leicht bewölkten Himmel herab auf den Hof, auf das Stück Rasen, auf die das Rechteck begrenzenden Kieswege. Die Wege waren frisch geharkt. Zwei Bänke gab es an der Längsseite. Sie standen weit auseinander. Niemand saß darauf.

Botelli machte eine einladende Geste.

»Rauchen wir eine Zigarette«, sagte er.

Glauser zögerte, nahm dann aber neben Botelli Platz, rieb sich die klammen Hände.

Botelli bot ihm seine Packung an und gab ihm Feuer, behielt aber die Zündhölzchenschachtel noch in der Hand.

Glauser sog den Rauch tief ein. Auch Botelli genoss sichtlich den starken Tabak.

»Wenn Sie schweigen können«, sagte Botelli schließlich, »versorg ich Sie regelmäßig mit Zündhölzchen. Dann müssen Sie nicht jedes Mal den Wärter bitten.«

»Ich rede mit kaum jemand.«

»Ich weiß«, sagte Botelli. »Aber der Direktor hat einen scharfen Blick auf Sie. Für ihn haben Sie einen moralischen Defekt und sind zudem maßlos überheblich. Er wird Ihnen jede Kleinigkeit anlasten.«

Glauser lachte. Er musste husten.

»Überschreiten Sie da nicht Ihre Grenzen?«, fragte er.

»Ich sag Ihnen nur, was er selbst überall hinausposaunt. Er macht auch keinen Hehl daraus, dass er Sie hasst.«

»Ich werds nicht ändern können.«

»Nein«, sagte Botelli. »Nein, das können Sie nicht. Aber geben Sie ihm keinen weiteren Anlass.« Er steckte Glauser die Zündhölzchenschachtel zu, lehnte sich zurück und streckte die Beine aus. Seine Hose war aus grobem Leinen. Der Stoff war arg zerknittert, und auch Botellis Joppe sah aus, als habe er sie im Bett getragen. Sie stand offen, und das dunkelblaue, dicke Hemd spannte über seinem stattlichen Bauch »Ich denke, im Grunde ist es Neid«, sagte er.

»Neid …?«

»Neid auf Ihre schriftstellerischen Arbeiten. Jede Zeile von Ihnen hat tausendmal mehr Gewicht als seine gesamten dramatischen Ergüsse. – Güldener Schein, oh ach«, rezitierte er theatralisch, »fällt auf mein erdiges Sein, das verwurzelt ist, oh weh, in der Seele trüben See – mamma mia!«

»Er dichtet?«

»Wussten Sie das nicht? Und er verfolgt mit Argusaugen, was von Ihnen veröffentlicht wird. Er hortet alles bei sich im

Büro.« Er drückte seine Kippe aus und stand auf. »Bewegen wir uns noch ein wenig. Ich möchte Ihnen nur noch versichern, dass ich tun werde, was in meiner Kraft steht, um Ihnen auch hier das Schreiben zu ermöglichen. – Außerdem glaube ich, dass es Ihnen bei der Bewältigung Ihrer psychischen Probleme hilft.«

Glauser hob den Blick, einen unschlüssigen, einen fragenden Blick. Doch Botelli nickte nur noch bekräftigend und marschierte schon los.

Nach dem Nachtessen ließ sich Glauser gleich zurück in seine Zelle bringen. Der Wärter Schurr war ein gutmütiger Mensch. Er war verheiratet und hatte einen erwachsenen Sohn, den Alois, der in einer Automobilwerkstatt arbeitete und ein schweres Motorrad fuhr. An den Sonntagen machte er damit Ausflüge, oft weit über den Kanton hinaus.

»Sag einmal, Schurr«, sagte Glauser und blieb auf der Schwelle stehen. »Wenn dir der Dr. Botelli die Erlaubnis geben würde, dem Alois einen Brief von mir zuzustecken, würde er den auch nach Winterthur bringen?«

»Ich müsst ihn fragen.«

»Ich zahl ihm auch was dafür.«

Der Schurr winkte ab, sah zurück auf den Gang und gab Glauser zu verstehen, die Zelle zu betreten. Er ging mit ihm hinein und schloss die Tür hinter sich.

»Dein Geld kannst dir aufsparen«, sagte er. »Der Bursch hat Freude genug, wenn er sein Rad ordentlich ausfahren kann. Aber mir könntest du einen Gefallen tun.«

»Dir? – Gern, nur zu gern. – Was denn?«

»Ich würd dir morgen ein Papier mitbringen, ein Dokument. Es sieht jedenfalls amtlich aus, aber ich kanns nicht lesen. Es ist auf Französisch.«

»Das ist kein Problem«, sagte Glauser. »Ich werds dir

übersetzen, auch schriftlich, wenn Du magst. Als Kopie. – Betrifft es dich?«

»Es ist eine vertrackte Sache.« Der Schurr rieb sich den Nacken. »Meine Schwägerin – sie ist verwitwet und hat etwas Geld auf der Bank – an sie also hat sich jetzt so ein windiger Kerl herangemacht. Er will ein Jugendfreund ihres Mannes sein und irgendwo in Marokko ein Stück Land gekauft haben. Das soll in dem Dokument beglaubigt sein.«

»Und?«, fragte Glauser.

»Dieser Kerl versucht, sie zu überreden, ihre Ersparnisse dort zu investieren. Er will auf eine Silbermine gestoßen sein und verspricht ihr einen Riesengewinn. Sie könne mit einer Million rechnen, sagt er.«

»Eine Million! Das kann ich mir kaum vorstellen.«

»Ich trau dem Hund nicht über den Weg«, sagte der Schurr. »Meinst, du kannst prüfen, ob das Papier echt ist?«

Glauser nickte eifrig.

»Ich glaub schon«, sagte er. »Ja, das glaube ich schon. Es lohnt jedenfalls, es sich anzusehen.«

Er schrieb an Betti, an die verheiratete Betti. Er schrieb ihr einen langen Brief und bemühte sich dabei, nichts Sentimentales hinzukritzeln. Doch er vermisste sie sehr. Er versuchte, nicht daran zu denken, wie ihr Leben mit dem Cellisten war. Er schrieb, wie es ihm in der Waldau erging. Er schrieb ihr von den Ideen, die er hatte, von seinen schriftstellerischen Plänen. Er ließ aus, dass es die Ira gewesen war, die ihm den Auftrieb gegeben hatte, in Münsingen noch, mit ihrer Liebe, die ihm nicht zusetzte. Da hatte er das neue Jahr mit dem Schreiben einer Geschichte begonnen, die er … *Du,* schrieb er, *das kam mir plötzlich über Nacht in den Sinn. Man kann doch auch einmal jemandem begegnen, der einen so nimmt, wie man ist. Der einen nicht gleich verurteilt und wegsperrt, sondern sich hinhockt und einem zuhört. Warum sollte das nicht ein Kommissär sein, ein bodenständiger, ein ruhiger Mann, der es gemächlich angeht und Geduld mit einem hat. Studer, so hab ich ihn genannt, Kommissär Jakob Studer …*

Urs stellte die Koffer ab und stieß die Fensterläden auf.

»Du hast die Morgensonne«, sagte er. Er lächelte Marie glücklich an. »Es ist schön, dich diesmal etwas länger um mich zu haben. Ich habs dir so gerichtet, dass du in Ruhe arbeiten kannst.«

Marie löste ihr Hutband. Sie warf einen Blick in das ordentlich aufgeräumte und mit einem großen Blumenstrauß geschmückte Zimmer und nickte zufrieden.

»Hast du das Bett extra für mich hineingestellt?«

»Es ist besser so«, sagte Urs. »Nicht wegen der Leute, die sind mir egal. Aber du sollst deine eigene Stube haben.«

»Danke – das weiß ich wirklich zu schätzen.« Sie kam zu ihm und küsste ihn leicht auf die Wange.

»Ich muss gleich runter in den Laden«, sagte er. »Ruh dich ein wenig aus. Wenn du magst, kannst du dich auch schon einmal in unserem kleinen Ort umsehen.«

Marie trat ans Fenster heran, stützte sich auf und schaute hinaus. Hinter den letzten Häusern schlängelte sich ein Weg den Hang hinauf, dicht am aufsteigenden Wald entlang. Ein vereinzeltes Gehöft lag rechterhand davon. Vor dem Stall stand ein Güllewagen, und Marie glaubte, einige Hühner erkennen zu können, ein Hüpfen und Flattern war es.

»Es ist schon erstaunlich«, sagte sie. »Es ist mir schon bei der Herfahrt aufgefallen, wie lebendig der Fredi diese Gegend beschrieben hat.«

»Der Fredi …?«

»Dort drüben – das muss das Sägewerk sein!«

»Der Fredi hats wahr gemacht? Er hat – wie wars doch gleich? Ein Denkmal – ja. Er wollt der Käthi ein Denkmal setzen.«

Marie wandte sich ihm wieder zu.

»Er hat etwas sehr, sehr Gutes geschrieben. Nein, um eure Käthi gehts dabei nicht, obwohl – er lässt die Geschichte in einer Wirtschaft beginnen, bei einer Serviertochter, wo sein –« Sie unterbrach sich und setzte neu an. »Das musst du selbst lesen, Urs. Es gibt viel, was dir bekannt sein wird, bis hin zu dem, was du von dir im Spiegel siehst.«

»Von mir?« Urs hob überrascht die Augenbrauen.

»Ich pack rasch aus – du großer, kräftiger Mann«, sagte Marie. »Ich hab auch noch andere Arbeiten vom Fredi dabei. Ich glaub, dass er jetzt etwas ganz Eigenes geschaffen hat. Im Verlag sagt man auch, es sei ein völlig neuer Ton. Dir wirds bestimmt gefallen.« Sie strahlte ihn an und umarmte ihn impulsiv. »Du, ich freu mich, ich freu mich unglaublich auf die Tage bei dir. Ich werde viel herumwandern und alles erkunden.«

Glauser sah sie immer wieder heimlich an, ihr Profil, die stark ausgeprägte Nase, die hohe Stirn, das wie lackiert glänzende schwarze Haar. Das Haar, dieses Haar …

Sie hielt die Hände auf den übereinandergeschlagenen Beinen gefaltet und ihr Fuß wippte irgendeinen Takt. Doch sie vermied es, ihn direkt anzusehen, obwohl sie seine Neugier spüren musste. Von irgendwoher glaubte er, sie zu kennen.

Sein Amtsvormund redete. Er redete unablässig. Aber sein Redeschwall rauschte an Glauser vorbei. Er gab sich nicht die geringste Mühe, den weitschweifigen Erläuterungen zuzuhören. Dann war es plötzlich still und er blickte in das erwartungsvolle Gesicht des Vormunds, nickte flüchtig.

»Ja«, sagte er. »Selbstverständlich.«

»Was, bitte – selbstverständlich? Ich habe Sie nichts gefragt.«

»Ich … ich wollte sagen, dass ich … ich habe Sie verstanden.«

»Den Eindruck habe ich leider nicht. Sie scheinen mir mit Ihren Gedanken sonst wo zu sein. – Kann man hier eigentlich einen Kaffee bekommen? – Judith, frag doch bitte mal einen der Aufseher.«

»Es gibt erst wieder was zum Abend«, sagte Glauser.

»Das gilt wohl nur für Sie. Wir – wir haben noch eine lange Rückfahrt vor uns.«

Judith erhob sich. Sie rieb kurz ihren Nasenflügel, und bei dieser Geste fiel es Glauser wie Schuppen von den Augen. Der Pagenkopf! Die Nacht in Zürich! Das gemeinsam konsumierte Kokain!

»Judith«, sagte er leise zu sich. Sie ging schon zur Tür des Besucherzimmers, reagierte nach wie vor nicht auf ihn. Doch er war sich jetzt sicher. Judith – die schnell und viel redende junge Frau aus Berlin. Wie nur war sie zu seinem Vormund gekommen? Als seine Schreibkraft, als seine Begleiterin? Glauser schüttelte unwillkürlich den Kopf.

»Vielleicht bekommen Sie ja auch einen Kaffee«, sagte der Vormund. »Nun ja.« Er beugte sich zu Glauser vor.

»Ich wiederhole es noch einmal. Merken Sie es sich bitte. Für Sie ist nur noch Dr. Heider zuständig. Er allein. Er ist ja auch schon in Bezug auf Ihre Verlegung hierher tätig geworden. Mein heutiger Besuch gilt lediglich einem korrekten Abschlussbericht, um den mich Ihr Herr Vater gebeten hat. Er lässt Sie übrigens grüßen.«

»Danke«, sagte Glauser.

»Danken Sie ihm selbst. Sie haben ihm ja schon seit einer Ewigkeit nicht mehr geschrieben.«

»Das … das ergab sich nicht.«

»Ach was! Das ist eine ausgesprochen dumme Ausrede. Sie wollen einfach nicht. Ihre Korrespondenz ist ja ansonsten recht beträchtlich. – Ja, ja, ich weiß sehr wohl, dass Sie täglich zig Briefe schreiben. – Mein Gott, Frédéric.« Er stimmte einen vertraulichen Ton an. »Wann werden Sie endlich einmal vernünftig? Haben Sie sich mit dieser Pflegerin, dieser Emma, nicht schon genug an Unbill eingehandelt?«

»Das … das geht Sie nichts an!«

»Sie tun sich mit ihr ebenso wenig einen Gefallen, wie mit all Ihren anderen Liebschaften!«

Glauser stand auf. Er blickte verächtlich auf den vor ihm sitzenden Vormund herab.

»Bei der Emma mischen Sie sich nicht ein!«, sagte er. »Sie reden mir überhaupt in nichts mehr hinein! Schreiben Sie Ihren Bericht. Schmieren Sie hin, was Sie wollen. Ich bin froh, dass es mit uns ein Ende hat. Ich bin Ihnen keine Rechenschaft mehr schuldig – über nichts!« Er spürte eine lang unterdrückte Wut in sich aufsteigen, einen ungeheueren Zorn. »Sie haben doch nie wirklich etwas für mich getan! Nichts aus freien Stücken! Verwaltet haben Sie mich und auch das nur widerwillig! Wie oft habe ich betteln müssen, um wenigstens das Geld zu erhalten, das mir rechtens zusteht! Aber nein – jede noch so kleine Ausgabe musste ich Ihnen auflisten! Ducken musste ich mich vor Ihnen, Ihnen schmeicheln – der liebe Frédéric, der Ihnen zutiefst ergebene Glauser! Nein, von Herzen kams nie! Und ich …«

»Sie verschwenden nur die Zeit, die wir noch haben«, unterbrach ihn der Vormund. Er sah zur Tür.

Judith war zurück in das Zimmer gekommen, ohne Kaffee und bedauernd die Achseln zuckend. Und wieder rieb sie sich die Nasenflügel.

Glauser lachte bitter.

»Judith!«, sagte er unvermittelt. »Du kannst wohl auch nicht davon lassen.« Sie zog irritiert die Stirn in Falten. »Du erinnerst dich nicht mehr an mich?« Glauser ging auf sie zu. »Wir hatten vor Jahren in Zürich eine ausschweifende Nacht. Viel Gin und – hast du heute nichts für mich übrig von deinem Kokain? Ich könnt jetzt gut was brauchen – um zu lachen, um nur noch lachen zu können!« Er lachte. Er lachte ein lautes, ein irres Lachen.

»Was … was erlauben Sie sich?« Judiths Stimme war dünn und tonlos. Ihre Augenlider flatterten.

Glauser hörte hinter sich einen Stuhl zu Boden krachen.

Der Vormund riss ihn hart von Judith weg, hob drohend die Hand und – und ließ sie wieder sinken. Er rief nach dem Aufseher.

Er lag in der Wanne. Er hatte die Arme auf dem Wannenrand ausgestreckt, auf der Stirn einen feuchten Lappen. Schweiß rann ihm über Wangen und Hals. Das Bad war heiß, und sein Herz pochte heftig. Er schloss für einen Moment die Augen. In seinen Ohren rauschte es.

Viele Stimmen. Blinde Flecken.

Geschrei, ein unsägliches Geschrei. Ein Poltern.

»Es tut mir leid«, brachte er leise hervor.

Botelli rückte den Schemel näher heran. Er legte die Hand behutsam auf seine, drückte sie leicht.

»Sie müssen nicht reden«, sagte er.

»Es war wegen der Emma. Sie ist … sie ist doch ein so braver Kerl.« Er schob sich schwer atmend ein Stück in der Wanne hoch. Der Lappen rutschte. Er nahm ihn ab und wrang ihn kraftlos aus.

»Ich gebe Ihnen noch ein Medikament«, sagte Botelli. »Sie werden dann gut schlafen.«

»Die Emma … die Emma, wissen Sie …«

»Ja, Glauser, ja – natürlich weiß ich von ihr. Ich habe doch Ihre Akte gelesen. Es war ein großes Unrecht, was man Ihnen und auch ihr da in Münsingen angetan hat.«

Glauser schüttelte den Kopf.

»Ich bin gestraft worden«, sagte er.

»Zu Unrecht«, wiederholte Botelli. »Zu Unrecht.«

»Ich werde für alles gestraft.« Glausers Blick war nach innen gekehrt. Seine Lippen zuckten. »Hören Sie«, sagte er. »Hören Sie … hören Sie denn nicht das Getuschel? Das böse Zischeln? Zu der Pflegerin schleicht er sich heimlich und … und hat doch zugleich noch zwei andere, der Lump! Der ist verrückt, der …«

»Das ist dummes Geschwätz.«

»Nein, nein, sie haben schon Recht, die Leute. Die Betti, die Ira … haha, alle beide. Aber die Emma, die Emma allein ist mir doch die Liebste, die Einzige. Ich …«

»Glauser.« Botelli nahm ihm den Lappen aus der Hand und tupfte ihm Stirn und Gesicht ab. »Ich bring Sie jetzt zu Bett. Der Schurr wird bei Ihnen Wache halten und ich …«

»Ich gestehs doch!«, schrie Glauser mit erstickter Stimme zu den kleinen vergitterten Fenstern hoch, sprang aus der Wanne auf und schüttelte sich wie ein Hund. »Ich habs doch gestanden, dass es die Betti gibt! Aber die Emma hat … sie hats gar nicht wissen wollen. Sie ist so gut, so gut zu mir. Zu mir – haha!« Er lachte schrill.

Botelli griff nach dem großen Badetuch, legte es ihm über und hielt ihn fest. »Ruhig«, sagte er. »Sei jetzt ruhig, Glauser, und quäl dich nicht.« Er rieb den mageren Körper ab und entschloss sich, dem Glauser doch eine etwas höhere Dosis zu verabreichen.

… und ein Walzer ertönte aus dem Grammophontrichter, und er stand von der Bank auf und ging zu ihr hin, verbeugte sich in aller Form vor ihr und griff nach ihrer Hand, darf ich bitten, Schwester Emma? Und sie erhob sich, machte einen Knicks und ließ sich führen, leicht wie eine Feder, o ho, o ho, rief der Herr Bertold und begann lauthals zu singen, nach links gebeugt und vor den Schritt, wir tanzen mit, wir tanzen mit, und schon hüpfte er um sie herum, und die vier Geselligen sprangen ebenfalls auf und auch der kleine Hans, alle schließlich aus der Abteilung, sie klatschten in die Hände, johlten und pfiffen … ein einziger, lang gezogener Pfiff, der Pfiff einer Lokomotive, Dampf quoll aus dem Schornstein, und seine Schuhsohlen klackten auf dem Perron, fort, nur fort, weit weg … Emmas Gesicht verschwamm vor seinen Augen … er drückte sein Gesicht an das Abteilfenster und sah hinaus auf wogende Kornfelder … eingefahren ist das Korn, Erntedank, Erntedank … er tanzte mit Emma am Tisch des Direktors und der Ärzte vorbei, blau, kornblumenblau war die Krawatte des Analytikers und riesig sein Kopf, und schmal wurden seine Lippen, verächtlich zusammengepresst, aber warm, wohltuend warm war Emmas Stimme an seinem Ohr, nicht jeder, der in einen Sumpf gerät, bleibt drin … die schwere Eisentür des Kerkers wurde aufgeschlossen, ja, ja, das ist der Bub, dröhnte der Vater und hob ihn auf den Arm, wir wollen heim, zurück nach Wien … komm, Tzigane, komm … sein Bart kitzelte, er musste niesen … der Boden des Kasinos bebte, und der Direktor schlug mit der Faust auf den Tisch, Schwester Emma, ich dulde keine Verhältnisse mit Patienten, und der Robert schleifte einen Löffelstiel scharf, von Gott gesandt schreit ich einher und bringe euch eine gar grausige Mär … aufgepflanzt die Bajonette, Stoß und Stich auf staubigem Hof, bis zum Heft in die Stoffpuppe hineingerammt, ins Herz des verlumpten Berbers … und der Hals des Schafs klaffte blutig auf … weißt, ich hab einmal im

Haus einer Wirtstochter gewohnt, hörte er sich sagen, doch die Emma ließ erschöpft die Arme sinken und schlich mit gesenktem Kopf hinter dem Direktor her, und die Geselligen rissen die Girlanden von den Wänden, und der kleine Hans schlug einen Purzelbaum … hat tot gemacht, hat tot gemacht die Mama … und mit einem Mal flog die Saaltür auf und …

Glauser schreckte hoch, rieb sich die Augen. Die Sonne schien ins Zimmer. Schurr kam herein, ein Tablett in den Händen.

»Dein Frühstück«, sagte er. »Der Doktor meint, es tät dir gut, heut auf der Stube zu bleiben.«

Glauser nickte nur. Er strich das Haar zurück und nahm das Tablett entgegen. Einen Becher Kaffee gab es und zwei Scheiben Brot, reichlich belegt mit Schinken und Käsescheiben.

Schurr zwinkerte ihm zu.

»Schweig darüber«, sagte er. »Die Schwägerin möchte dir auch noch persönlich danken. – Brauchst noch was?«

»Ja«, sagte Glauser. »Ja, Papier brauch ich, einen großen Stapel Papier. Über Nacht – weißt, Schurr, in der Nacht, da träumst so manches und bevor es vergessen ist …« Er atmete tief durch, war jetzt hellwach. »Es gibt einem einen ordentlichen Schub«, sagte er.

»Was hast denn geträumt?«

Glauser nahm einen Schluck Kaffee.

»Von dem Direktor. Es war … es war der aus Münsingen, aber das ist nicht wichtig. Nur dass er … hör, Schurr, wenn so einer hinter den jungen Pflegerinnen her ist, dann muss man ihm doch das Handwerk legen …«

… und er hockte an dem schmalen Tisch, den Rücken gekrümmt, tief über das Papier gebeugt, und er schrieb, er notierte: *Der Direktor, Vorliebe für hübsche Pflegerinnen. Erntedankfest. Kasino. Eine zarte Liebe über den Hof hinweg.*

Neid. Hass. – Geld? Gestohlenes Geld?

Die Anstalt. Die Abteilungen. B – Beobachtungsabteilung. R – ruhige Patienten (der kleine Hans, Finger zählen? Gedichte – Dada?) K – die körperlich Kranken.

Die seelisch Kranken. Familie. Vater! – Weltschmerz.

Verfehlung – Strafe – Verfehlung – Strafe.

Protest.

Ins Bad. Ab ins Bad!

Flure, Gänge.

Der Heizungskeller. Die Eisentreppe.

Der Tatort. Ein Mord …

Ja, ein Mord muss sein, sagte er sich. Ein Mord an dem Direktor …

Und er schrieb weiter, und seine Hände begannen zu schmerzen, aber er füllte Blatt für Blatt, und er zeichnete aus der Erinnerung den Grundriss der Münsinger Anstalt und reihte Frage an Frage: *Der Analytiker, die weiße Eminenz – hilft er?*

Missbraucht er seine Macht? Was weiß er? Was fängt er damit an? Wie kann man ihm zu Leibe rücken? Was verdanke ich ihm? Abrechnung?

Er schrieb, und er rauchte, und er sann nach, machte ein paar Schritte, auf und ab in der Zelle, und er reckte und streckte den steif gewordenen Körper, und die Zeit verging wie im Flug.

Es wurde Abend, es wurde Nacht, und irgendwann fielen ihm die Augen zu, schlief er einen tiefen Schlaf.

Wecken.

Frühstück im Saal.

Arbeitstherapie. Papiersäcke kleben.

Hofgang.

Mittag.

Freistellung. Schreiben.

Hofgang.
Nachtessen.
Einschluss.
Tag für Tag.
Woche für Woche, Monate.

Der Sommer verging. Es wurde Herbst.

Es war der zweihundertachte Tag nach seiner Einlieferung in die Waldau.

Es war ein kühler Herbstmorgen, als Glauser in Dr. Botellis Begleitung den roten Ziegelbau verließ. Sie gingen zu Botellis Wagen, und Glauser verstaute seine Habseligkeiten auf dem Rücksitz. Bevor er einstieg, sah er noch einmal zurück.

Botelli nickte wissend.

»Hoffen wir«, sagte er, »dass das Tor sich nicht wieder hinter Ihnen schließt. In der Landkolonie sind Sie schon so gut wie frei.«

Sie traten gemeinsam ins Freie, die groß gewachsene, schlanke Marie und die kleinere, etwas stämmige Emma. Marie war bequem und nicht zu leicht bekleidet, trug einen flauschigen, wadenlangen Rock und flache Schuhe. Die Jacke hatte sie über die Schultern gelegt. Emma schritt in soliden Schnürstiefeln neben ihr her. Ihr dunkler Mantel war bis zum Brustbein zugeknöpft. Sie hatte den Kopf gesenkt, schien in Gedanken versunken zu sein. In der Hand hielt sie einen Weidenkorb, in dem nur noch ihr Pass und eine schmale Geldbörse lagen.

Sie gingen an dem Garten vorbei, in dem die Sonnenblumen schwer geworden, die Dahlien aber noch rot waren. Es waren nur dreißig, vierzig Meter bis zum Wald, über dem sich die Wolken aufbauten und weißen Wattebäuschen gleich am Himmel weiterzogen.

Die beiden Frauen schwiegen. Sie schwiegen, bis sie auf dem schattigen Waldweg waren, der ihre Schritte dämpfte.

»Ich freue mich, Sie getroffen zu haben«, sagte Marie dann. »Besuchen Sie den Fredi jeden Sonntag?«

»So oft ichs mir leisten kann. Die Zugfahrten gehen schon ins Geld.«

»Sie bringen ihm immer was mit?«

Emma zuckte mit den Achseln.

»Das fällt nicht ins Gewicht. Seit er hier in der Offenen ist, wird er gut versorgt. Nur an Tabak mangelts ihm. Und Schokolade hat er gern. – Die kauf ich gleich hinter der Grenze.«

»Werden Sie in Deutschland bleiben?«

»Vorerst sicherlich. Der Friedel muss ja noch eine Zeit lang bleiben.«

»Sie wollten mit ihm nach Frankreich«, sagte Marie. Emma blickte sie misstrauisch an. »Er hat mir davon geschrieben«, erklärte Marie. »Ein Landgut, nicht wahr? Er sollte es bewirtschaften.«

»Ja«, sagte Emma. Mehr nicht.

Und so schwiegen sie erneut. Erst als sie den See erreicht und sich auf einen der gefällten Baumstämme gesetzt hatten, nahm Marie das Gespräch wieder auf.

»Ich weiß nicht sehr viel von Ihnen«, sagte sie. »Aber ich würde Sie gern näher kennenlernen.«

»Von mir gibts nicht groß was zu erzählen.«

»Das glaube ich nicht.«

Emma strich den Mantel glatt, faltete die Hände im Schoß und sah über den See.

»Ich bin auch nicht geübt im Reden«, sagte sie.

»Über was sprechen Sie denn mit – mit dem Friedel?«

»Ich hör ihm zu.«

»Emma – ich will Sie nicht aushorchen. Sie haben ihn gern, und er – er mag Sie auch. Sie sind …«

»Ich steh ihm nur ein wenig bei. Soweit ich es vermag.« Sie stand abrupt auf und ging hinunter ans Seeufer. Marie blieb sitzen. Sie seufzte leicht.

Das erste Kapitel herunter gehauen. Gestern 8 Seiten, heute 6 und Korrektur. Noch einmal gelesen, es liest sich gut. Da hat man sich aufgeknüpft, da hängt man am Gitterfenster, da will man nicht mehr. Und der Studer eilt herbei. Der Jakob Studer.

Nicht verschludern, wie ich ihn in der Geschichte vom alten Leuenberger ausstaffiert hab: Stattlicher, behäbiger Mann. Dickes, rotes Gesicht. Schnurrbart. Vom Rauchen braun gewordene Schneidezähne.

Stumpen – Brissago (!) passt besser. Wie der Richi sie geraucht hat, der Sägewerkbesitzer – mein Gott! – Käthi.

Das Dorf – Emmental? Münsingen?

Statt Kommissär Wachtmeister. Fahnderwachtmeister aus Bern.

Lässt sich Zeit (Man muss sich immer Zeit lassen). Hört zu. – Hockt ab.

Verheiratet. – Kinder? Dienstjubiläum??? Aber: Weste, die flache, goldene Uhr.

Die kleinen Sachen.

An Marie schreiben. Gutes Vorankommen. Vertrag. Geld.

Besuch in Zürich ankündigen. 14 Tage.

Die Emma. Kann man ihr nicht in Bern oder Zürich eine Stelle suchen?

Möchte sie in der Nähe haben.

Brauche sie.

Er ließ sich in den Wagensitz fallen, lehnte sich zurück.

Botelli startete und steuerte auf die große Autostraße zu. Er blickte konzentriert nach vorne. Unrasiert war er, und auf seinem Hemd waren Soßenflecken. Er roch auch stark nach Küche und nach Rauch.

»Ich glaube, Sie führen mich hinters Licht«, sagte er, als sie auf der breiten Straße waren.

Glauser sah überrascht zu ihm hin.

»Ich? Was meinen Sie? Hinters Licht …?«

»Sie haben mich schon verstanden. Ihre Schmerzen, Ihre angeblichen Zahnschmerzen. Sie treten immer dann auf, wenn Sie tags zuvor Besuch hatten. Was verabreden Sie mit Ihren Freundinnen?«

»Was soll ich …? Da ist nichts weiter! Was denn auch?«

Botelli beschleunigte den Wagen.

»Ich denke, Sie veranlassen sie, diesem Zahnarzt Geld zuzustecken – Geld für Morphium.«

»Das … das ist absurd! Das würde doch kein Arzt mitmachen und ich …«

»Erzählen Sie mir nichts von Ärzten. Ich bin schließlich selber einer und kenne die Schwächen meiner Kollegen.«

»Hören Sie, ich brauche das Zeug nicht mehr! Das wissen Sie! Wäre ich … wäre ich denn sonst in die Offene Kolonie gekommen?!«

Botelli winkte unwirsch ab.

»Ich habe Ihre Verlegung unterstützt. Ich, ich allein, Glauser, ich habe mich für Sie eingesetzt. Ja – ich war überzeugt, dass Sie nicht mehr gefährdet sind. Weil Sie all Ihre Energie in das Schreiben gesetzt haben und auch …«

»Das hat mir doch auch Erfolg gebracht!«

»Und auch, weil es in der Anstalt für Sie absolut keine Möglichkeit gab, sich irgendwelche Drogen zu beschaffen«, fuhr Botelli fort. »Aber jetzt – Freigang, Stadtfahrten und

Arzt, immer wieder zum Arzt! Und ich hab auch einiges zu hören bekommen!«

Glauser schüttelte heftig den Kopf.

»Das ist … das können nur Verleumdungen sein! Ich schwöre Ihnen, ich habe absolut nichts genommen! Nie, nie mehr! Mein Gott, ich mach doch nicht gleich alles wieder zunichte!«

Botelli drückte noch stärker aufs Gas. Der Wagen raste auf die Stadt zu.

»Ich werd Sie heute keinen Moment aus den Augen lassen«, sagte Botelli. »Auch nicht in der Praxis. Den Kollegen nehm ich mir gesondert vor und dann sämtliche Apotheken!«

Glauser ließ die Schultern sinken. Er schlug die Hände vors Gesicht, und Botelli hörte, dass er trocken schluchzte.

Er wachte auf und lauschte. Gedämpft hört er das schnarrende Läuten des Telefons. Er hatte es nicht geträumt. Unwillig mühte er sich aus dem Bett, machte Licht und schlüpfte in seine Puschen. Die Uhr zeigte die zweite Stunde nach Mitternacht an.

»Unerhört«, murmelte er. Er griff nach seinem Morgenmantel und tappte zur Tür. Auf dem Flur blieb er kurz am gegenüberliegenden Zimmer seiner Frau stehen. Er vernahm kein Geräusch. Sie schien das Telefon nicht zu hören. Das Läuten brach nicht ab. Er strebte auf sein Arbeitszimmer zu, trat an den Schreibtisch und riss den Hörer von der Gabel. Es rauschte, es knackte. Schrilles Lachen und schräge Töne drangen an sein Ohr, ein Quäken und Tuten.

»Papa?«, hörte er. Es war ein krächzender Schrei.

»Du? Bist du es? – Fredy?«

»Papa … Papa. Ich … du kannst … du sollst stolz …

stolz auf mich sein! Kannst mir gratulieren, von … von Herzen, Papa. Von ganzem Herzen.«

»Was redest du da? Wo steckst du?« Er brachte es gepresst hervor, wollte nicht schreien. Doch er bebte bereits vor Zorn. »Fredy, hörst du?«

»Tausend … Tausendfünfhundert Franken, Papa! Für mein Geschmier! Weißt noch … weißt noch, wie ich bei dir … wie ichs runtergehauen hab?«

»Ich will wissen, wo du bist! Was ist das für ein Lärm?!«

»Der ›Tee‹ … stark … stark überzuckert, mag sein.

Vielleicht, weils bei dir … weils bei dir so bitter war. Hier feiert man mich!«

»Du gibst mir jetzt Antwort! Wohin bist du entwichen? Ich ruf die Anstalt an und lass dich –« Er schlug mit der Faust auf den Tisch. »Ich lass dich einfangen! Herr im Himmel! Gibt es denn nie eine Ruhe?! Du wirst noch meinen Tod auf dem Gewissen haben!«

»Papa, Papa!«, hörte er den Sohn, hörte andere Stimmen einfallen, hörte ein Johlen und Kreischen, ein unsägliches Getöse. Es verschlug ihm die Sprache. Er jappte und schnappte nach Luft, ließ den Hörer sinken. Er entglitt ihm, schlug an der Schreibtischkante auf, baumelte knapp über dem Boden.

Schwer atmend sackte er auf die Knie, kraftlos.

Dieses Geschrei! Dieser Lärm! Es hallte schmerzhaft in seinen Ohren wider.

»Du … du bringst mich um«, keuchte er in den Hörer, und dann war ihm, als bohre sich ein eiskaltes Eisen in seinen Leib, bis tief in sein Herz.

Der kleine Verleger hatte einen dicken Schal um den Hals geschlungen und trug eine mit Kordeln und Quasten verzierte Hausjacke. Sein Haarkranz stand wirr vom Kopf ab.

Er schenkte frisch aufgebrühten Kaffee ein und schob Glauser die Schale zu.

»Das war eine lange Nacht«, sagte er. »Haben Sie wenigstens ein wenig schlafen können?«

»Ich bin noch ein wenig draußen herumspaziert.«

»In der Kälte? – Uah!« Der Verleger schüttelte sich. Seine Brille rutschte auf die Nasenspitze. Er schob sie zurück und blickte hinaus. Leichter Schnee fiel auf die Terrasse, bedeckte die gemusterten Fliesen, rieselte auf die kahlen Äste der Bäume, der Sträucher und Hecken.

Der Verleger saß mit Glauser in seinem riesigen und noch unaufgeräumten Wohnraum. An den Wänden Gemälde und gerahmte Grafiken einiger Expressionisten, voll gestopfte Bücherregale. Unzählige Zeitungen und Zeitschriften waren davor gestapelt, Stühle, Hocker und kleine Tische überall im Raum. Speisereste, leere Flaschen, Gläser. Ein liegen gelassenes Tamburin, ein an den mit Notenblättern bedeckten Flügel lehnender Spazierstock, Ascher, viele Ascher.

Glauser drehte sich mit leicht zittrigen Händen eine Zigarette.

Seine Augen brannten, seine Glieder schmerzten.

Der Verleger zwinkerte in das fahle Winterlicht, hielt seine Kaffeeschale mit beiden Händen, blies hinein.

»Wie lange werden Sie denn noch bei uns in Zürich bleiben?«, fragte er.

»Mir sind vierzehn Tage zugestanden.« Glauser entzündete die Zigarette und sog gierig das Nikotin ein.

»Man hat mir halt nichts Nachteiliges anlasten können.«

»Was, bitte?«

Glauser nahm einen weiteren Zug.

»Ich habe mich gut geführt«, erklärte er. »Und dass ich den Roman hinbekommen habe, zählt wohl auch. – Wann ist die Marie eigentlich gegangen? Ich habs gar nicht bemerkt.«

Der Verleger nickte nachdenklich.

»Sie hält nicht viel von diesen Festen«, sagte er dann. »Zu viele Menschen, zu viel Gerede. Sie wissen, dass sie früher selbst große Gesellschaften gegeben hat. Man kennt sich, und man wird auch einander überdrüssig. – Was haben Sie denn für die nächsten Tage geplant?«

»Ich muss noch bei meinem neuen Vormund vorsprechen.«

»Wer ist das?«

»Ein Dr. Heider.«

»Heider! In der Rämistraße? – Das hätte ich wissen sollen! Er ist –« Er unterbrach sich, schüttelte den Kopf. »Wir sind gewissermaßen geistig verbunden, als Logenbrüder.«

»Er ist Freimaurer?« Glauser griff nach der Kaffeeschale.

»Ja, ja – ein sehr gebildeter Mann. – Dann ist ja … sagen Sie, mein Lieber, Ihr Honorar – wie haben wir das bisher geregelt?«

Glauser trank einen Schluck, rauchte und rieb sich die Nasenflügel. Er schniefte. Er bemühte sich, einen gleichmütigen Ton anzuschlagen.

»Ich werde mir Anfang des Jahres eine Wohnung in Bern nehmen dürfen«, sagte er. »Und zum Sommer hin auch völlig frei sein.«

»Ja?« Der Verleger beugte sich interessiert vor. »Das ist ja eine erfreuliche Nachricht. Das heißt …«

»Ich würde die Wohnung gern schon anzahlen und mit dem übrigen Geld – es kommt mir sehr gelegen. Meine Freundin und ich denken daran, dann in den Süden zu ziehen, nach Dalmatien vielleicht.«

»Sie wollen ausreisen?«

»Es lässt sich dort billig leben.«

Der Verleger lehnte sich wieder zurück.

»Glauser – mein lieber Glauser, das sollten Sie aber noch einmal gut überlegen. Sie machen sich gerade einen Namen. Man wird mehr von Ihnen lesen wollen. Man wird Sie sehen, man wird Sie hören wollen. Und Dalmatien – Dalmatien ist fern, ein fremdes Land, eine fremde Sprache. Man verliert sehr schnell die eigene, und das ist doch … das ist doch Ihr Kapital, würde ich sagen.«

»Das wird nicht passieren«, sagte Glauser. Er drückte die gerauchte Zigarette aus. »Dazu ist mir die Schweiz doch zu tief eingebrannt.«

Es schneite dicke Flocken, als der Cellist kurz nach sechs das Fachwerkhaus verließ, die Wollmütze bis über die Stirn gezogen, den Mantelkragen hochgestellt. Er ging gebeugt, trug schwer an seinem geschulterten Kasten. Glauser wartete noch, bis Betti am Fenster erschien und den Vorhang zuzog.

Sechs Tage später, am Tag vor Heiligabend, klingelte er wieder an der Tür. Diesmal öffnete ihm der Cellist und streckte ihm freudig die Hand entgegen: »Bernadette ist schon ganz aufgeregt, Sie nach so langer Zeit wieder zu sehen.«

Während der Cellist am nächsten Vormittag die vorbestellte Gans beim Händler abholte, legte Betti sich zu Glauser ins Bett.

Am Abend betranken sie und Glauser sich. Der Cellist spielte ein Adagio von Haydn.

Am ersten Weihnachtstag war Betti für ihren Mann nicht ansprechbar. Er ging schon am frühen Nachmittag mit seinem Instrument aus dem Haus und kam erst nach Mitternacht zurück. Er traf weder Betti noch Glauser an. Sie erschienen erst im Morgengrauen und gaben vor, dass sie sich hätten aussprechen müssen. Der Cellist fragte sie nicht, wo diese angebliche Aussprache stattgefunden habe.

Vom Morgen des zweiten Weihnachtstages an bis zum Abend des nächsten Tages blieb Glauser in dem für ihn hergerichteten Zimmer. Betti brachte ihm auf seine Bitte hin eine Flasche Kirsch ans Bett und drehte ihm auch auf Vorrat Zigaretten.

Bei dem von ihr und ihrem Mann schweigend eingenommenen Nachtessen torkelte Glauser an den Tisch, stürzte und riss Decke und Geschirr mit sich zu Boden. Der Cellist schlug blindlings auf ihn ein und schrie Betti an, sie solle Glausers Sachen packen und ihn aus dem Haus schaffen.

Betti verbrachte mit Glauser die Nacht in einem nahe am Bahnhof gelegenen Hotel.

Elf Tage nach Glausers Rückkehr in die Offene Kolonie der Anstalt Waldau läutete beim Direktor die Fahndungspolizei an: Glauser habe Mitte Dezember ein Rezept gefälscht – Morphium. Vermutlich sei es nicht das einzige. Man müsse ihn verhören.

Auf dem Land

Die beiden Männer standen in der Bahnhofshalle, ein ungleiches Paar. Der Größere war elegant gekleidet, trug einen dunklen, wadenlangen Mantel mit pelzbesetztem Kragen, einen weißen Schal und einen Bowler. Seine linke Handschuhhand umschloss den Griff einer prall gefüllten Reisetasche, mit der rechten stützte er sich auf einen Stockschirm.

Der andere Mann war korpulent und wirkte in seiner groben Joppe und der weiten Hose wie ein Bauer. Seine Tasche stand vor ihm auf dem Boden, ein Teil, dem man ansah, dass es schon viel und wohl auch weit herumgeschleppt worden war.

»Wir sollten nicht länger warten«, sagte der Elegante. Er warf einen letzen Blick auf die große Bahnhofsuhr. Der Zeiger ruckte auf sechzehn nach zehn.

»Sie haben Recht. Mir ist auch nach einem Kaffee – mamma mia!«

»Sorgen müssen wir uns nicht.«

»Was heißt sorgen, Dr. Heider? Ich bin nicht besorgt. Mir ist lediglich diese ganze Angelegenheit verflucht unangenehm.«

»Wir treffen zusammen, um sie zu klären, Dr. Botelli. Und zumindest Sie und ich, so will ich meinen, werden sich um einen zivilisierten Umgang miteinander bemühen.« Er nickte bekräftigend und schritt schon auf den Eingang des Restaurants zu. Botelli schnappte sich seine Tasche und schloss sich ihm an.

»Ich bin ja nur in Vertretung«, sagte er. »Außerdem habe

ich eine wie auch immer zu beurteilende persönliche Beziehung zu dem Glauser.«

Dr. Heider schien es nicht zu hören. Er wollte es wohl auch nicht hören. Er betrat das Bahnhofsbuffet, lupfte in Richtung einer lasziv an der Theke lehnenden Serviererin den Bowler und lächelte sie heran.

»Ich habe telefonisch einen Ihrer Nebenräume reservieren lassen«, sagte er. »Dr. Heider, Zürich. Wir erwarten noch weitere Personen. Wenn Sie allerdings so freundlich wären –« Er wandte sich an Botelli. »Kaffee, sagten Sie? Nur einen Kaffee?«

»Für viel mehr wird nicht die Zeit sein.«

Heider strich flüchtig über seinen gepflegten Schnauzbart.

»Ich denke, wir können uns durchaus einen kleinen Imbiss servieren lassen.« Er lächelte die junge Frau wieder an. »Sagen wir, eine reichliche Portion Bündener, Emmentaler und was Sie an Konfitüren haben. Unterschiedliche Brotsorten wären natürlich passend. Es sollte allerdings frisches Brot sein. Notfalls ließe es sich sicher besorgen.« Damit entließ er sie, sah ihr noch schmunzelnd nach. Botelli leckte sich die Lippen.

Sie wurden überraschend schnell und zuvorkommend bedient, an der Längsseite eines blanken Tisches sitzend, mit viel Platz zwischen sich. Hinter Botelli hing ein scheußlich gerahmtes Ölgemälde an der Wand, ein Stillleben auf rauchgegilbter Tapete. Tropische Früchte in einer überdimensionalen Muschel.

Es ging bereits auf halb zwölf zu, als der alte Herr Glauser eintraf, schwer auf einen Knotenstock gestützt und mit gerötetem Gesicht. Er entschuldigte sich wortreich für die Verspätung, legte seine abgegriffene Unterrichtsmappe ab und mühte sich aus dem Mantel.

Heider erhob sich und reichte ihm über den Tisch hinweg die Hand. Auch Botelli war aufgestanden, aber der Alte beachtete ihn nicht.

»Wie ist das Prozedere?«, fragte er, nachdem er Platz genommen hatte. »Ich möchte vorab lückenlos aufgeklärt werden. Man erfährt ja kaum noch etwas. In der Regel ja nur dann, wenn wieder einmal ein Strafvollzug droht wie Anfang des Jahres. Ich hoffe, Dr. Heider, Sie haben einen entsprechenden Bericht vorbereitet.«

Botelli blickte zu Heider hin.

Heider lehnte sich zurück, machte eine einladende Geste.

»Möchten Sie sich nicht erst einmal ein wenig stärken? Es redet sich dann wesentlich besser. – Dr. Botelli, würden Sie die Serviererin bitten, noch ein Gedeck aufzulegen?«

Botelli verstand.

Ein kluger Mann, dachte er, als er hinausging. Lässt sich nicht drängen, geht es ruhig an. Er nestelte sein Zigarettenpäckchen hervor und zündete sich eine an.

»… Ihr Sohn hat sich nach seiner damaligen Entgleisung, die uns allen viel an Intervention und Fürsprache bei den ermittelnden Stellen abgefordert hat, dann doch recht ordentlich wieder in die Anstalt eingefügt. Nicht wahr, Dr. Botelli?«

Botelli suchte den Blick des alten Mannes.

Der starrte grimmig auf seine Hände. Sie zuckten unter seiner inneren Anspannung.

Botelli räusperte sich.

»Der Patient«, begann er bewusst sachlich, »der Patient Friedrich Glauser verfiel anfangs verständlicherweise in eine leichte Depression. Aber unter kontinuierlicher ärztlicher Betreuung schöpfte er dann doch wieder neue Kraft. Er bot sogar von sich aus an, die bei meinen Kollegen und auch die in der Verwaltung anfallenden Schreibarbeiten zu übernehmen. Das hat er mit äußerster Sorgfalt erledigt. Bene. – Ende März dieses Jahres bat er schließlich, wieder in die Offene Kolonie versetzt zu werden.« Botelli räusperte sich erneut. Er griff nach seinen Zigaretten. Heider hüstelte dezent. Botelli ließ von dem Päckchen ab und blätterte stattdessen die umfangreiche Waldau-Akte auf. »Am 7. Mai gab die Direktion dann nach entsprechender Rücksprache bei Ärzten und Pflegepersonal dem Begehr des Patienten statt«, zitierte er. »Friedrich Glauser stand aber auch weiterhin unter strenger Beobachtung. An vier Tagen hatte er sieben bis acht Stunden auf dem Feld zu arbeiten. In der restlichen Zeit schrieb er. Er – entschuldigen Sie, wenn ich kurz etwas zu seiner schriftstellerischen Arbeit sage …«

Der Alte trommelte mit zitternder Hand ungeduldig auf den Tisch.

»Das ist hier nicht von Bedeutung! Nicht jetzt! Man hat mein Erscheinen gewünscht, um überein zu kommen, wie es mit meinem Sohn zukünftig weitergehen soll. Gute Führung, Feldarbeit – papperlapapp! Das kennt man doch zur Genüge! Er ist Ihnen offenbar doch schon wieder entwischt!«

»Herr Dr. Glauser«, versuchte Heider ihn zu beschwichtigen. »Dazu werden wir Ihren Herrn Sohn noch selbst hören …«

»Ihn selbst?! Ja, haben Sie ihn denn?! Darüber bin ich nicht informiert!« Er stemmte sich aus seinem Stuhl hoch. »Das ist ja ungeheuerlich! Eine Zumutung sondergleichen!«

»Sie müssen ihm nicht gegenübertreten.«

»Unglaublich!«, schnaubte der Alte. »Ein abgekartetes Spiel ist das! Mich dermaßen zu hintergehen!«

»Behalten Sie Platz – bitte«, sagte Heider. Er sagte es sehr leise, kaum hörbar. Es war wie ein eisig schneidender Hauch.

Der aufrecht auf dem Sattel hockende Mann mit Lederhaube und Schutzbrille ließ das Motorrad ausrollen, bremste und zog den Zündschlüssel ab.

Glauser eilte aus dem Unterstand auf ihn zu.

»Da bist ja endlich!«, sagte er. »Sie sitzen schon seit Mittag zusammen.«

»Wir haben keine Eile«, sagte der Fahrer, schwang sich aus dem Sattel und bockte die Maschine auf. Lachend entledigte er sich Brille und Kappe, strich sich durchs Haar. »Erst einmal soll ich dich von der Betti grüßen und natürlich auch von meiner Mona. Wir haben noch bis tief in die Nacht zusammen gehockt. Du weißt, wies mit den Frauen ist. Sie plappern ohne Ende und wollen dann auch noch beglückt werden. Also die Mona wollts haben, du verstehst. Die Betti wird wohl in Gedanken bei dir gewesen sein.«

»Paul!« Glauser schüttelte unwillig den Kopf. Er zog seinen dünnen Mantel enger um sich. »Paul, mir brennts unter den Nägeln! Ich bin morgen Abend in Zürich eingeladen, soll aus meinem Roman lesen. Aber wenn man jetzt darauf beharrt, dass ich weiterhin interniert werde …«

»Ich bin bestens vorbereitet«, unterbrach Paul ihn und klopfte ihm aufmunternd auf die Schulter. »Es gibt da etliche Präzedenzfälle. Unabhängig davon aber gilt, dass du seinerzeit freiwillig in die Anstalt gegangen bist und von daher selbstverständlich auch das Recht hast, sie jederzeit wieder zu verlassen. Es war doch deine freie Entscheidung, oder etwa nicht?«

Glauser zog sein Tabakpäckchen hervor.

»Ich wollte mich entgiften lassen«, sagte er. »Mich entwöhnen.« Er drehte sich eine Zigarette und riss in der hohlen Hand ein Streichholz an. »Mein Gott – am liebsten würd ich mich noch schnell besaufen!«

Paul runzelte die Stirn. Er zog eine Aktenmappe aus der Satteltasche und klemmte sie sich unter den Arm.

»Am besten ist es«, meinte er, »wenn du zu allem schweigst und nur mich reden lässt. Den Heider kenn ich vom Namen her, er hat unter uns Kollegen einen guten Ruf. Und dem Direktor werd ich schon Paroli bieten.«

»Ich hab bisher nur den Botelli gesehen.«

»Umso besser«, sagte Paul. »Der hält doch große Stücke auf dich.«

Glauser zuckte flüchtig die Achseln. Er rauchte. Er rauchte hastig und mit tiefen Zügen. Noch schmaler wurde sein abgeräumtes Gesicht, und seine Lider flackerten.

»Ich hab Angst«, sagte er. »Ich hab eine furchtbare Angst. Wenn ich für immer eingesperrt bleiben soll, bring ich mich um.«

Paul fasste ihn in den Nacken. Er brachte sein Gesicht nah an Glausers, sah ihn durchdringend an.

»Jetzt hör aber einmal«, sagte er. »Nichts ist schlimmer, als sich selbst aufzugeben. Lass es bleiben, so daherzureden. Vertrau mir lieber, dass ich die Sache zu deinem Wohl unter Dach und Fach bringe.« Er verstärkte seinen Griff, als wolle er seine Worte in Glausers Hirn pressen.

»Ich fasse für das Protokoll zusammen«, sagte Dr. Heider nach einer über dreistündigen Debatte. »Es steht außer Frage, dass sich mein Mündel Friedrich Glauser nach wiederholtem Rezeptmissbrauch während seines Aufenthalts in der Offenen Kolonie polizeilichen Maßnahmen durch Flucht entzogen hat. Er hat sich dann jedoch sogleich an mich gewandt und gebeten, ihn – ich zitiere aus seinem diesbezüglichen Brief an mich – ihn ›endlich aus dem dauernden Interniertsein zu retten‹. Er ist sich seiner anhaltenden Drogensucht durchaus bewusst, sieht sich dadurch allerdings nicht als Gefahr für die Gesellschaft. Dem wurde seitens seines Vaters heftig widersprochen, der sich damit dann auch bedauerlicherweise verabschiedete und nach Deutschland zurückreiste. Die verbliebenen Personen – also Sie, Dr. Ernesto Botelli, Sie, Friedrich und der von Ihnen hinzu gebetene Rechtsanwalt Paul Zügg und ich als Ihr gesetzlicher Vormund – wir also sind uns einig geworden, dass Friedrich Glauser sich vorerst wieder in die Waldau einzugliedern hat, im Frühjahr nächsten Jahres aber nach Frankreich ausreisen kann.« Er blickte in die Runde, ließ seinen Blick auf Botelli ruhen. »Ich möchte aber noch eine persönliche Anmerkung in das Protokoll aufnehmen. Ein in Arztkreisen hochgeschätzter Zürcher Professor und Logenbruder regt an, Friedrich Glausers Sucht gewissermaßen legalisieren zu lassen, indem man ihm das notwendige, vom Arzt kontrollierte und von der Behörde sanktionierte Quantum zubilligt. Ich unterstütze das, bin mir aber auch darüber im Klaren, auf welchen Widerstand ein solches Anliegen stoßen wird. Dennoch …«

»Studer wandte den Blick ab. Wenn das Mädchen jetzt aufsah, dann wurde es sicher verlegen oder böse. Man soll Leute nicht nutzlos böse oder verlegen machen«, las Glauser vor, sah kurz hoch, sah Marie gleich neben der Saaltür sitzen, sah auch den Verleger, der zufrieden nickte, beugte sich wieder vor und las weiter: *»Man muss es ohnehin nur allzu oft tun, wenn man den Beruf eines Fahnders ausübt …«* Er ließ den Satz ausklingen, lauschte ihm nach. Die versammelten Schriftstellerkollegen hörten ihm gebannt zu. Kein trockenes Husten, kein Stuhlrücken, kein Füßescharren war zu vernehmen, nur das leise Knistern der Kerzenflammen verwob sich mit dem Vorgelesenen: *»Der Zugführer ging durch den Wagen. An der Tür, die zum nächsten Abteil führte,*

wandte sich der Mann um.« Glauser hob die Stimme: *»Gerzenstein – sagte er laut.«* Gerzenstein. Der Urs. Die Käthi. Die Käthi und ihre Heftli. Er las weiter: *»Das Mädchen behielt den Füllfederhalter in der Hand, ließ Felicitas Rose mit dem schönen Grafen in gewichsten Reitstiefeln in der Mappe verschwinden und stand auf.«* Die Käthi. Er hatte sie deutlich vor Augen. Ihren geschmeidigen Gang, ihre Hände, die ihm den Teller Ragout reichten, ihr hübsches Gesicht, auf dem die Schneeflocken schmolzen. Der Schnee, der Schnee. Die Wintermonate im Emmental. *»Ein Transformatorenhäuschen. Viele Einfamilienhäuser. Dann ein größeres Haus. Ein Schild darauf: ›Gerzensteiner Anzeiger. Druckerei Emil Aeschbacher‹. Daneben, im Garten, ein Käfig aus Drahtgeflecht. Kleine bunte Sittiche hockten verfroren auf den Stangen.«* Glausers singende Stimme brach. Er schluckte trocken, rieb sich über die Augen. Er wechselte die Tonlage. *»Die Bremsen schrien«*, las er weiter vor. *»Studer stand auf, packte seinen Koffer am Griff und schritt zur Tür. Seine Gestalt im blauen Regenmantel füllte den Gang aus.«* Und er las, wie der Studer nach dem Gasthof fragte und nach dem Mädchen Ausschau hielt, es vor dem Kiosk entdeckte, wo es mit seiner Mutter sprach … der Mutter, der Mutter: *Ich hab noch die Mutter zu versorgen.* Die wieder aufsteigenden Erinnerungen. Sie waren da, ebenso frisch wie beim Schreiben, und ihm war, als höre er sich nun selbst zu, ließ sich mitnehmen, voran treiben vom Studer auf seinem Gang durch das Dorf der Läden, Lautsprecher und Landjäger, geradewegs zum Murmann und seiner Frau, wo er mit Blick in den Garten in die Hocke ging und den Landjägerkorporal fragte, ob er denn den Schlumpf für schuldig halte: *»›Chabis!‹, sagte Murmann nur. Und dieses einzige Wort gab dem Fahnderwachtmeister Studer mehr Sicherheit als alle kriminologischen und psychologischen Spitzfindigkeiten, die er bis* *jetzt gesammelt hatte, um in sich die immerhin mehr gefühlsmäßige Überzeugung der Unschuld des Burschen Schlumpf zu festigen.«*

Glauser legte die Manuskriptseiten aus der Hand.

Einen Moment lang blieb es noch so still wie zuvor. Doch dann brandete ein Applaus auf, der ihm den Hals eng machte und seine Augen feucht werden ließ. Er wagte nicht aufzusehen, hielt den Kopf gesenkt und faltete die Hände. Er vernahm, dass Stühle zurückgeschoben wurden, dass einige der geladenen Gäste aufsprangen und ihrer Begeisterung lauthals Ausdruck verliehen. Er nickte nur, kämpfte gegen die Tränen an und wusste nicht, ob er es sagte oder nur dachte, immer und immer wieder: »Das freut mich. – Das freut mich. – Das freut mich sehr.«

Es war spät in der Nacht, und nur noch Marie, der Verleger und der berühmte Volksschriftsteller saßen mit Glauser in dem Zürcher Altstadtlokal beim Wein.

Der Verleger schenkte nach. Der Volksschriftsteller, ein älterer Herr mit einem feinen, klugen Gesicht, hob Glauser sein Glas entgegen.

»Sie erinnern sich offenbar nicht mehr an unsere damalige Begegnung«, sagte er.

Glauser zögerte einen Moment und stieß dann mit ihm an.

»Ich wollte Sie nicht in Verlegenheit bringen.«

»Ihr kennt euch?«, fragte der Verleger. Auch Marie hob überrascht die Augenbrauen.

»Wir haben seinerzeit einmal zur Nacht gegessen und haben dabei auch kräftig getrunken«, sagte der ältere Herr lächelnd. Er wandte sich wieder Glauser zu. »Ihr Vormund hat mir dann auch ein Manuskript von Ihnen zur Prüfung vorgelegt. Es war recht beachtlich. – Was sollte mir denn an unserer, wenn auch nur flüchtigen Bekanntschaft unangenehm sein?«

»Ich bin nicht unbescholten, ein Irrenhäusler. Und Sie – Sie werden hoch geschätzt, sind ein bedeutender Autor, eine Persönlichkeit.«

»Sie haben nicht den geringsten Grund, sich selbst herabzusetzen.«

»Ja, wirklich, Fredi«, sagte Marie.

»Überhaupt nicht!«, bekräftigte der Verleger, leerte mit einem Zug sein Glas und klopfte damit auf den Tisch. »Ganz und gar nicht! Dein ›Schlumpf‹ heut – phänomenal! Und wie du vorzutragen weißt – das musst du im Radio lesen! Das nimmt die Marie in die Hand!«

Glauser zupfte einen Strang Tabak aus dem Päckchen. Der ältere Herr beugte sich zu ihm.

»Schauen Sie«, sagte er. »Ich weiß ein wenig von Ihrem Leben. Es war und ist wohl auch noch bitter und voller Enttäuschungen. Aber Sie verleihen all dem einen tief empfundenen Ausdruck. Sie gestalten es in exzellenter Form. Sie klagen nicht blindlings an, Sie wüten nicht – nein. In dem was Sie schreiben, offenbart sich vielmehr ein nach Wahrheit forschender Geist. Ein Mensch, sollte ich sagen, dem nichts an innerem und äußerem Elend fremd ist und der dennoch nicht verzagt. Das ist nicht nur hohe Kunst, werter Kollege, das zeugt von menschlicher Größe. Bewahren Sie sich das.«

Und so schwankte er durch die Zürcher Nacht, durch die ihm nach wie vor vertrauten Gassen, beseelt von Freude, vom Glück, glaubte, groß und immer größer zu werden, die Dächer der Häuser zu überragen und über sie hinweg zu fliegen mit flatterndem Mantel, die Arme weit ausgebreitet und lachend, und er lachte, bis ihm die Tränen über die Wangen liefen, herab fielen in einem dichten Schauer, der auf das Kopfsteinpflaster prasselte, er sah es, er sah das abfließende Wasser, sah die Limmat, die Brücken, sah den großen, dunklen See und weit am Horizont die Umrisse der mächtigen Berge, und er legte den Kopf weit zurück in den Nacken, ein eisiger Wind fuhr durch sein Haar, er spürte nun die Kälte, rieb sich die klammen Finger und tippte auf die Tasten einer imaginären Schreibmaschine, tippte Seite für Seite in rasendem Tempo, die Zigarette im Mundwinkel, einen Schluck Kaffee nehmend, zog eng beschriebene Seiten heraus, Folioblätter, über die er sich beugte und in Mikrophone sprach, und beim Klang seiner Stimme legten die Dienstmädchen ihre Handarbeit beiseite, rückten die Gesellen in der Gärtnerei dichter an das Radio und lauschten seinen Worten, den Geschichten, die auch ihre Geschichten waren, und sein Mund wurde trocken, und er hob die Hand und verbeugte sich tief, stolperte, fing sich wieder und lachte erneut, und lachend irrte er weiter durch das Gewirr der Straßen, bis er schließlich den Bahnhof erreichte, durch die Halle zu den Gleisen lief und sich außer Atem auf eine Bank fallen ließ.

Unterwäsche, lange, wollene Unterhosen, dicke Strümpfe und zwei frisch gewaschene Arbeitshosen, mehrere Hemden, ein Kittel, eine neue Kappe, Bettzeug und auch zwei Paar Schuhe und Stiefel waren auf das Bett gestapelt. Urs legte noch ein in braunes Papier gewickeltes Paket dazu.

»Das ist für die Tage bei der Marie«, sagte er. Glauser schüttelte den Kopf.

»Das kann ich nicht annehmen«, sagte er.

»Red nicht. Du wirst es brauchen.« Er blickte auf die Wanduhr. »Packs ein, und dann kannst mir in der Küche Gesellschaft leisten. Ich hab noch ein paar Freunde eingeladen. Es sind gute Freunde. Den Friseur kennst ja. Die anderen wirst auch mögen. Wir sitzen in einer Herrenrunde zusammen.« Er lachte, wurde dann ernst. »Aber hör, der Fritz – der Fritz ist Apotheker, nur dass du Bescheid weißt.«

»Du musst nicht befürchten, dass ich ihn anbettele. Ich habs hinter mir, ich werd nicht mehr rückfällig.«

»Ich mein, wenn du erzählst. Lass es nicht zu Fachsimpeleien über Nutzen oder Schaden irgendwelcher Medikamente kommen.«

Glauser nickte.

»Es gibt genug anderes«, sagte er. »Ich hab die Pläne von dem Gut dabei. Vielleicht weiß jemand, wie ich das Häuslein ordentlich herrichten kann.«

»Ist es in keinem guten Zustand?«

»Das gesamte Anwesen soll ziemlich verlottert sein, schreibt die Ira.«

»Die Ira – so, so. Weiß deine Emma von ihr?«

»Der Emma hab ich alles gebeichtet. Das war ich ihr mehr als schuldig. Ich will auch nicht mit Heimlichkeiten bepackt die Ehe eingehen.«

»Hat dein Vormund denn schon zugestimmt?«

»Ich bin frei, Urs. Ich bin geheilt, und ich verdien jetzt auch genügend Geld. In der Waldau hab ich nach dem ›Schlumpf‹ noch zwei weitere Romane fertig gestellt. Und ich hab Ideen und Pläne, die reichen für mehr als ein Leben. Nein, nein, einer Ehe kann nichts mehr im Wege stehen.«

»Ich wünsch dirs«, sagte Urs. Er nickte bekräftigend.

»Weißt«, sagte Glauser. »Ich hatte da einen Traum. Ich sah dich und die Marie zusammen bei Tische sitzen. Ihr ward ein Paar, und ihr ward gut miteinander. Habt euch an den Händen gehalten und liebevoll angelächelt. Das war ein schönes Bild, so, wie ihr mit euch im Reinen ward. Ich hatte es schon mal vor Augen, habs in mir wohl schon seit langer, langer Zeit. Nun will ichs leben.«

Der große, wohlbeleibte Urs wischte sich flüchtig über die Augen. Er fasste Glauser an den Schultern und drückte ihn an sich.

»Tus«, sagte er mit belegter Stimme und klopfte ihm auf den Rücken. »Ich besuch euch dort in Angles, sobald ich kann.«

Angles' Tagebuch

Heute wieder früh aufgewacht und leise aufgestanden. Emma schläft weiter. Betrachte ihr liebes Gesicht. Sie hat die Decken bis zum Kinn hochgezogen, die Nase ist leicht gerötet. Draußen noch Nebel über dem Tal. Heize den Ofen an, koche Kaffee. Wir haben nur das Nötigste an Geschirr. Ich warte auf Geld. Bisher schon umgerechnet 1.000 Franken verbraucht. Die Reise Basel–Paris. Zehn Tage Hotel und Versorgung in Paris. Weiterreise nach Angles. Tisch, Büchergestell und Vorhänge für das Häuslein. Holz und Kohle, Kunstdünger. Wir haben vier Enten gekauft und eine Henne.

Ich versuche, das Rauchen einzuschränken. Im Freien fällt es mir leicht. Das Gut ist in einem noch schlimmeren Zustand, als von Ira beschrieben. Der Garten hinterm Haus ist eine einzige anderthalb Meter hohe Wiese. An Gerätschaften ist nichts vorhanden. Bei den Bauern kann ich nichts ausleihen. Sie sind beim Heuen und brauchen ihre Sensen und Harken selbst. Will heute sehen, ob ich im Ort nicht wenigstens einen Spaten bekommen kann.

Bin über das Stück Land spaziert, das wir bestellen können. Kartoffeln, Tomaten, Gemüse, Kräuter. Emma hat dafür eine gute Hand. Ich werde mich mehr um die Obstbäume kümmern. Gut, dass ich die Schulhefte aus der Gartenbauschule aufbewahrt habe. Man hat doch viel vergessen. Das Leben mit der Betti war mir wichtiger.

Erinnerung: *Aus Münsingen entlassen. Die Analyse abgeschlossen. Zu Betti gezogen. Die schönen Tage. Die langen Nächte. Gespräche beim Wein. Gemeinsame Korrektur des Legionromans. Ihre Vorschläge. Ergänzungen. Proust Lektüre. Besuche bei ihren Bekannten.*

Der Abend am See.

Der erste Missklang. *B. legt die Kleider ab, stürzt sich kopfüber ins Wasser, schwimmt, planscht, winkt: Komm, es ist wunderbar.*

Ich mag nicht. Ich kann nicht. Ich kann nicht schwimmen. Der Schuldirektor in Glarisegg hat mir das Schwimmenlernen vergällt.

Ich hocke mich ans Ufer und zünde ein Feuer an – damit Betti nicht friert, wenn sie dann aus dem Wasser kommt. Sie dankt es mir nicht. Sie reibt sich wortlos trocken, zieht sich an und steigt zum Weg hinauf.

Ich muss das Feuer löschen. Ich muss ihr nachlaufen. Schließlich sagt sie was: Du hast mir die Freude verdorben, ich werd heut allein schlafen.

Habe mich am nächsten Tag dann doch wieder mit Mo. versorgt.

Mangelndes Selbstbewusstsein.

Der Wunsch, es durch das Erlernen eines Handwerks zu kräftigen.

Eintritt in die Gartenbauschule.

Was habe ich an Betti geliebt?

Was lässt mich sie immer noch nicht vergessen?

Emma habe ich tausendmal lieber. Sie ist so ein solider Kerl.

Arbeitsplan: *Den Studer in einer Gartenbauschule ermitteln lassen.*

Zwei Tage ausschließlich am Haus gearbeitet. Außenwände ausgebessert, neu verputzt. Die Enten schnatterten munter herum. Emma hat einen großen Topf Gemüsesuppe gekocht, frisches Brot und Wein aus dem Ort geholt. Wir essen im Freien. Es ist sonnig, aber längst nicht die sommerliche Wärme, die man zu dieser Jahreszeit erwartet. Abends muss man einheizen. Die Glut hält zumeist bis zum frühen Morgen.

Will nun auch einen ordentlichen Rhythmus finden. Sechs Uhr aus dem Bett, ein wenig Bewegung im Freien, Kaffee und zwei Stunden konzentriert schreiben. Die »Fieberkurve« umarbeiten. Man wünscht sie nicht gar so verworren. Selbst Marie ist nicht damit zurechtgekommen. Dass ich den Studer nach Marokko hab reisen lassen, sei nun doch zuviel. Mein Fahnder gehöre in die Schweiz. Das sei es doch, was man an ihm liebe.

***Arbeitsplan:** Einen großen Schweizer Roman. Quer durch alle gesellschaftlichen Schichten. Der Ascona-Kreis. Die Verbindung zu den Dadaisten. Die Kriegsjahre. Das Bedürfnis, die tägliche Wirklichkeit zu ignorieren. Ein Spiegel der Zeit, und der Studer hat es mit verschiedenen Lebensläufen zu tun. Ein Mord gehört natürlich dazu, sonst reklamieren die Leute wirklich.*

***Der Mord:** Das Badener Strindberg-Paar. Der Hausgast. Die Frau ist ihm zugetan. Rein platonisch, aber der Ehegatte glaubt sich gehörnt.*

Die Frau macht Ferien in Ascona. Sie trifft heimlich den ehemaligen Hausgast. Der Ehegatte ist ihr nachgereist, bringt sie um. Sie wird in der Nähe der alten Mühle gefunden. Der Studer soll ermitteln.

***Merkwürdig,** dass Emma und ich gar nicht viel miteinander reden. Vielleicht, weil ich ihr so viele lange Briefe aus der Waldau geschrieben habe. Sie weiß alles von mir.*

***Was** weiß ich von ihr?*

Sie ist einfach da. Sie steht mir zur Seite. Ich kann den Kopf in ihren Schoß legen und fühle mich geborgen.

Es ist noch viel an dem Häuslein zu tun. Der Gutsbesitzer hat sich noch nicht blicken lassen. Muss vielleicht selbst nach Paris, um mit ihm andere Bedingungen auszuhandeln. Mit den 100 frs. im Monat kommen wir nicht zurecht. Vom Verleger habe ich zurzeit auch nicht allzu viel an Honorar zu erwarten. Die uns in Aussicht gestellten Erträge aus der Apfelernte lassen sich kaum erwirtschaften.

***Ira** meinen Parisbesuch ankündigen.*

***Im Dorf:** Kein Mensch auf der Straße. Die Fensterläden sind geschlossen. Im Bistro ist es dämmrig. Der alte Schuster sitzt bei einem Glas Wein.*

Der Wirt hockt auf einem hohen Schemel an der Kasse. Er zählt Geld.

Die hübsche Geneviève spült Gläser. Kaufe Zigaretten und nehme einen Aperitif. Sehe der Geneviève bei ihrer Arbeit zu. Sie lächelt zurück. Die heitere Seite des Lebens.

Die Wettbewerbsjury, die meine Geschichte abgelehnt hat, prämiert Himbeersirupsätze: »Im Schatten eines Haselbusches träumte Afra, die unbestimmte Sehnsucht der Achtzehnjährigen in den schlaffen Gliedern.«

Man möchte schier wahnsinnig werden.

Werde mit Emma einen Ausflug nach Combray machen. Ins Reich des Marcel Proust.

***Erinnerung:** Der Vater nimmt mich an die Hand. Wir betreten ein altes Haus, über dessen Tür ein Tannenzweig hängt. Der Vater bestellt mit dumpfer Stimme. Ich verstehe die Worte nicht. Er bekommt eine Flasche auf den Tisch, gefüllt mit einer wasserklaren Flüssigkeit und ein Glas. Wohl sechsmal füllt der Vater das Glas mit dem scharf riechenden Wasser. Schließlich traue ich mich, ihn zu fragen: »Was macht die Mutter?« – »Die*

Mutter? Sie ist beim lieben Gott …« Er sagt es müde, zieht ein Taschentuch und wischt seine Augen.

Was man riecht.

Was man schmeckt.

Mit jedem Schluck Schnaps kommt man **dem Tod näher.**

Bis tief in die Nacht geschrieben. Es gibt hier niemanden, den das Geklapper meiner Schreibmaschine stört. Emma hat einen tiefen Schlaf. Sagt auch, es beruhige sie, wenn sie mich bei der Arbeit wisse.

Habe angefangen, über meine erste Zeit in Paris zu schreiben. Nach der Ausmusterung aus der Legion.

Ein entlassener Söldner, ein Landsknecht. Aber wir waren keine Landsknechte, wir waren keine Söldner. Es war alles ganz anders, als man es geträumt hatte.

Ein starkes Bedürfnis, Kif zu rauchen.

Ich blicke hinaus in die Finsternis. Mein Gesicht spiegelt sich in der Fensterscheibe. Meine Stirn.

Was geht in meinem Kopf vor? In meinem Hirn?

Die Gedanken springen. Man hat so viel erlebt. Unzählige Momente.

Man war im Gefängnis. Ich war im Gefängnis. Im Kerker. Zumeist schuldig. Schuldig des Diebstahls, schuldig des Betrugs. Hat mich allein die Sucht dazu getrieben? Das Bedürfnis, sich zu betäuben?

Lese noch einmal meine »Beichte«.

Sie kommt mir nun unvollständig vor, es müsste tiefer gehen.

***Arbeitsplan:** Fortsetzung autobiografischer Aufzeichnungen. Zusammenfügen zu einem großen Werk.*

»Was siehst du?«, fragte Glauser. Ira sah ihn überrascht an.

»Was meinst du?« Sie saßen draußen vorm Café de la Paix, hatten Wasser und Wermut zwischen sich auf dem runden Tischchen stehen. In Paris war es wärmer als auf dem Land. Die Nachmittagssonne schien von einem wolkenlosen Himmel herab. Glauser rückte mit seinem Stuhl in Iras Blickfeld.

»Wie würdest du mich einem Fremden beschreiben?«

»Als einen, der immerzu raucht«, sagte sie spontan und lachte. »Schau, jetzt greifst du schon wieder zu dem Kraut.«

»Mein Äußeres«, beharrte Glauser. »Meine Physiognomie.«

Ira beugte sich zu ihm vor.

»Ein schmales Gesicht«, sagte sie. »Ein hübsches Gesicht mit hoher Stirn. Die Haare trägst ein wenig länger als früher, sie sind auch heller geworden, und deine Augen – nun kneif sie nicht so zusammen – du hast kluge Augen. Ich kenn sie, da waren sie dunkel verhangen. Jetzt sind sie klar. Jetzt strahlen sie sogar, und dein Mund –« Ehe er sich versah, hatte sie ihm einen Kuss auf die Lippen gehaucht. Er lächelte verlegen.

»Was … was würde man daraus schließen?«

»Worauf willst denn hinaus?«

»Ich hab immer wieder Angst vor mir. Ich denk, man müsst es mir ansehen.«

»Du hast Angst vor dir? Dass du wieder …?«

»Es ist nicht allein das Mo«, unterbrach er sie. »Weißt, ich bau mir was auf und zerstör es gleich wieder. Ich erschreck mich dann furchtbar, und schon kommt eins zum anderen.«

»Denkst du an die Gutsverwaltung?«

»Auf dem Land zu leben war mein Traum«, sagte er. »Früher einmal wars Amerika, weil mein Großvater so spannend von der unendlichen Weite dort zu erzählen wusste. Dann wars Italien, Dalmatien, und selbst die kleinen Dörfer in Marokko geisterten mir eine zeitlang im Kopf herum. Nun ist es Frankreich, und ich bin trotz aller Mängel auf dem Gut deines Bekannten doch weitgehend zufrieden. Aber gleichzeitig fürchte ich, es zerrinnt mir wieder.«

Ira suchte nachdenklich seinen Blick. Glauser nagte an seiner Lippe. Er starrte in sein Wermutglas.

»Nichts geschieht ohne dein Zutun«, setzte Ira an.

»Das weiß ich. Das sag ich ja. Diese Unheilvolle ist in mir, als obs tief verwurzelt sei.«

»Aber du bist nicht allein damit. Du hast die Emma an deiner Seite, und was du erzählst, ist sie dir bei allem ein großer Halt.«

»Ja, und eben drum – Ira, vielleicht halt ich einfach das Glück nicht aus.«

Angles' Tagebuch

Sonntag mit Emma Totenmesse und Begräbnis einer Frau aus dem Dorf beigewohnt. Schwester des Mannes, der mir so brav beim Umspaten hilft. Tochter der Toten kam mit Mann und vier Kindern aus Tunis. Der Mann ist Gendarmeriewachtmeister.

Dass ich den Studer in Marokko habe Kif rauchen lassen, ist nicht völliger Blödsinn. Auch der Wachtmeister aus Tunis hat hinter der Kirche heimlich ein paar kräftige Züge von dem Kraut genommen. Habe ihm wissend zugenickt. Das war ihm äußerst peinlich. Es ist doch amüsant, was man so alles mit ansieht. Er war klein und rund, dieser Mann, und hatte ein dröhnendes Organ. Bei der Totenmesse das »De profundis clamavi ad te, Dominum …« Habe inbrünstig mitgesungen.

***Brief** an den Vormund: Unser Geld geht zur Neige.*

***Emma** hat darüber nachgegrübelt, ob die Leichentücher gleich nach dem Begräbnis wieder in Gebrauch genommen werden. Man denkt nur noch ans Praktische.*

Der Sarg wurde mit viel Weihwasser besprengt. Ich möchte keinen solchen Klamauk um meine Leiche.

Den Céline noch einmal gelesen: Irgendwann kann man sein Leid nicht mehr verbergen. Sein Scheitern. Irgendwann hat man im Gesicht ständig diese Grimasse. Er schreibt auch, dass die größere Feigheit die ist, so weiter zu leben.

Immer wieder der Gedanke an **den Tod.** *Wie wird er schließlich kommen? Was wird einen dann erwarten? Wird man die Mutter wieder sehen? Man sollte nicht zu Beerdigungen gehen. Der Leichenschmaus jedoch war angenehm. Man hatte viel an Speisen aufgetischt, und wir waren herzlich eingeladen.*

Auf dem Rückweg zum Häuslein die Emma herzlich geküsst und innig an mich gedrückt. Schöne Nacht mit ihr.

Nach wie vor ein trüber Morgenhimmel. Neblig, feucht. Reibe die Hände an dem heißen Kaffeebecher.

Brief an Ira. *Sie genießt ihre Unabhängigkeit, kann sich kaum noch vorstellen, mit so jemandem wie dem Schorsch das Bett geteilt zu haben. Hat offen darüber gesprochen, mit Frauen intim zu sein. Macht entsprechende Bekanntschaften in Museen und auf Atelierfesten. Kennt viele Maler. Kocht für sie. Steht auch Modell.*

Wie lebendig es doch in Paris war.

Wehmütige Gedanken an Betti.

Bringe Emma ihren Tee ans Bett. Streichele ihr liebes Gesicht. Mit ihrem verwuschelten Haar schaut sie aus wie ein Bub.

Einen neuen Roman angefangen: Der Studer muss wieder aufs Land. Morgendunst. Eine Wirtschaft. Der Friedhof. Auf dem Friedhof ist eine Leiche gefunden worden.

Ohne innezuhalten das erste Kapitel getippt. Sieben Seiten. Nur wenige Korrekturen. Lese es Emma beim Mittagsimbiss vor. Sie sagt, man sei gespannt, wie es mit der Geschichte weiter gehe. Streiche noch bei Tisch den letzten Satz und schreibe: »Und dann schwieg er fünf Minuten, weil die Nacht des 18. Juli wie ein Film durch seinen Sinn flimmerte …«

Die Spannung halten. Zurückblenden. Es ist ohnehin die eigene ***Erinnerung.***

Die Gartenbauschule auf dem Oeschberg. Die Mitschüler. Der Unterricht.

Obstbau, Obstverwertung. Gemüsebau. Chemie!

Arsenvergiftung. Blausäuregas im Orchideentreibhaus.

Die Atmosphäre. Drei Atmosphären: Gartenbauschule, Dorfwirtshaus und Armenanstalt.

Interessant: Im Laufe des Tages wird auch das Wetter besser. Unterbreche die Arbeit am Schreibtisch und mache mit Emma einen Spaziergang.

Mit Gedanken an die nächsten Kapitel zu Bett. Früh um fünf aufgewacht und gleich wieder an die Schreibmaschine.

Emma brät mir Eier mit Speck. Sie ist überglücklich darüber, dass ich so große Freude am Schreiben habe. Es geht auch vortrefflich voran.

Dem Verleger *den Roman ankündigen.*

Vorschuss.

Wie wechselnd sind doch die Stimmungen.

Emma nahm das Küken behutsam vom Boden auf, hauchte über den Flaum.

»Wie leicht es ist«, sagte sie zu Glauser. »Geradewegs zu dir ist es hin, um Schutz vor seiner Mutter zu suchen. Was machen wir nur mit der Henne?«

»Ich schlag dem Biest den Kopf ab.«

»Friedel!«

»Weißt eine bessere Lösung? Sechs Küken hat das Vieh

und hackt auf sie ein, als wolle es sie allesamt vernichten. Da zieh ich doch lieber ihre Jungen auf.«

»Willst das wirklich tun?«

»Sowohl das eine wie das andere. – Du musst nicht zusehen, wenn ich das Beil nehme.« Er machte Anstalten, in den Schuppen zu gehen. Emma barg das Küken an ihrer Brust. Sie hielt Glauser zurück.

»Lass sie noch. Wir können die Kleinen ja vorerst mit ins Haus nehmen.«

»Das ängstigt sie nur. Schau, es ist ebenso wie mit kleinen Kindern. Sie wollen ihre Welt erkunden, und die Welt dieser Küken ist der Hof.«

»Aber eine böse Menschenmutter wird nicht gleich umgebracht.«

Glauser schüttelte den Kopf. Er verspürte ein Zucken in den Armen, rieb sie. Dann machte er eine wegwischende Geste.

»In manchem Fall wärs sicher besser«, sagte er und ging schnell ins Haus. Emma kam wenige Minuten später nach. Sie band ihre Schürze ab und setzte sich zu ihm.

»Du weißt«, sagte sie, »wie sehr ich mir Kinder wünsche.«

Er seufzte.

»Ach, Emma. Du bist doch eine gute Frau.«

»Auch ich kann Fehler machen, könnt zornig auf ein schreiendes Baby werden.«

»Ich habs nicht so gemeint«, sagte er.

»Du sagst es aber, und ich beginn zu zweifeln, ob es gut ist, mit dir ein Kind zu haben.«

»Emma, wir sind noch nicht einmal verheiratet. Ich tu seit Monaten mein Möglichstes, um die Voraussetzungen dafür zu schaffen.« Er nahm ihre Hände, drückte sie und sah Emma eindringlich an. »Ein Kind, Kinder – daran kann ich vorerst nicht denken. Nicht so konkret jedenfalls, das verstehst doch, das wirst doch verstehen.« Sie nickte, sagte aber nichts.

Das Herz wurde ihm schwer. Einen Moment lang glaubte er, keine Luft mehr zu bekommen, nicht mehr atmen zu können.

Er ließ ihre Hände los und fasste sich an den Hals. Emmas Gesicht drückte augenblicklich Besorgnis aus.

Angles' Tagebuch

Fahnenkorrektur »Schlumpf«. Emma setzt sich mit mir nach dem Nachtessen daran. Gehen gemeinsam zu Bett. Emma schläft meist gleich ein.

Denke über Maries Rat nach, in den Schriftstellerverein einzutreten. Teilnahme an Romanwettbewerb. Marie bemüht sich um Radiolesung. Geld, Geld, Geld. Wenn doch mehr hereinkommen würde. Habe geträumt, dass ich vor einem riesigen Stapel unbeschriebener Blätter sitze, und sich kein Blatt in die Maschine einspannen lässt. Dazu brauchts keine besondere Deutung.

***Gliederzerren,** selbst wenn ich liege.*

Emma im Dorf. Einkäufe mit unserem letzten Geld. Nur das Nötigste. Nutze die Gelegenheit und fange die Henne ein. Schlage ihr mit einem Hieb den Kopf ab. Das Viech flattert noch. Packe es an den Krallen und haue es auf den Hackblock. Blut spritzt mir ins Gesicht. Ich kann nicht aufhören, das Vieh immer und immer wieder auf den Block zu schmettern.

Kein Schmerz im Körper. Kein Gefühl.

Staubtrockener Mund. Später eine Hitze im Kopf, die auch meine Augen glühen lässt.

***Entsetzen:** Kann mein Geschriebenes nicht lesen.*

Emma verliert kein Wort über die tote Henne. Habe sie gerupft und ausgenommen. Emma setzt einen Topf Wasser auf. Gehe ebenfalls schweigend raus und schneide Kräuter.

Die beiden Damen saßen auf dem Lattenrost des Bades an der Limmat und ließen die Füße über dem Wasser baumeln. Sie hatten sich lange nicht mehr gesehen. Marie hatte sich kaum verändert, die Frau des für Glauser nicht mehr zuständigen Vormunds hingegen wesentlich. Hedwig hatte stark abgenommen, war sonnengebräunt und wirkte entspannt. Ihre knielange Badebekleidung war freizügig geschnitten.

»Was er kann, kann ich schon lange«, sagte sie. Sie lachte. »Ich habs nur lange unterdrückt. Aber jetzt in der Kur –« Sie senkte ihre Stimme. »Kennst du die Memoiren von dieser Mutzenbacher? Ich kann zwar nicht mit ebenso vielen Liebhabern aufwarten, aber wies bei ihr vonstatten ging, da halt ich gut und gerne mit.«

»Du überraschst mich«, sagte Marie. »Aber lag das denn nur an der Kur?«

»Ach, sicher nicht ausschließlich, aber – du, du glaubst nicht, wen ich kurz in der Klinik gesehen hab! Deinen Fredi!«

»Den Fredi …?«

»Den Glauser, ja. Er wusst natürlich nicht, wer ich bin. Sonst hätts womöglich noch einen Skandal gegeben …«

»Der Fredi war in Prangins? Davon hat er mir gar nichts geschrieben!«

»Er war wohl nur wenige Tage da«, sagte Hedwig. »Ich hab mich allerdings auch nicht weiter umgehört. Wo wohnt er denn jetzt?«

»Er ist Anfang des Jahres in die Bretagne gezogen und –« Marie dachte einen Moment lang nach. »Er hat seitdem unglaublich viel geschrieben. Drei Romane und wer weiß wie viele Geschichten. Er veröffentlicht ja jetzt überall. – Er wird völlig erschöpft gewesen sein.«

»Erschöpft?« Hedwig drückte ihren Zweifel aus.

»Erschöpft – ja. Ausgelaugt. Seine Sucht … das Schreiben ist zu seiner Sucht geworden.«

»Du musst es wissen«, sagte Hedwig. »Aber sag einmal ehrlich. War da wirklich nie etwas mit euch? Ich schweig auch wie ein Grab.«

»Nein, nichts«, sagte Marie und stemmte sich vom Lattenrost hoch. »Ich hab nur einen Liebhaber, und der –« Sie lächelte in sich hinein. »Der bleibt vor euch allen verborgen. – Hast heut noch was vor?«

»Das ist nicht nett.«

»Hedwig! – Der Verlag lädt zum Sommerfest. Wenn du Lust hast – es kommen ein paar interessante Leute, und es gibt eine Tanzkapelle aus Amerika.«

»Amerikaner? Schwarze …?«

»Ich denk schon. – Also?« Sie streckte Hedwig die Hand hin.

Hedwig ergriff sie und kam mit Schwung auf die Beine.

»Ich verleite dich zum Trinken«, sagte sie. »Und dann … Marie, wir müssen uns jetzt wieder öfter sehen. Vor allem aber gib mir was vom Glauser zu lesen. Drei Romane, sagst du, und ich kenn noch rein gar nichts von ihm …«

Der Postbote hatte ein vom kalten Wind gerötetes Gesicht. Er stieg von seinem Rad, und Glauser bat ihn herein. Das Haus hoch über dem Meer bestand aus einem einzigen großen Zimmer, Wohn, Schlafraum und Küche zugleich. Es war sauber aufgeräumt. Vor dem größeren der beiden Fenster zum Atlantik hin war eine einfache Schreibplatte aufgebockt. Auf ihr lagen ordentlich gestapelt mehrere Packen Papier, beschwert mit Kieselsteinen und Muscheln.

Emma nahm den Kochtopf vom Herd, begrüßte den Postboten mit einem freundlichen Lächeln. Der Postler machte ein bedeutungsvolles Gesicht. Er zog ein Telegramm aus seiner Botentasche.

»Aus Zürich!«, rief Glauser. Aufgeregt riss er den schmalen Umschlag auf, las und erstarrte. Es waren nur fünf Worte, die ihm sein Vormund Dr. Heider telegrafiert hatte: »Vater Montag gestorben. Brief folgt.«

Der Sturz

Er lag schon einige Zeit auf der schmalen Liege, das Hemd weit geöffnet, die Ärmel bis über die Ellbogen hochgestreift. Eine angenehme Wärme durchströmte ihn.

Er atmete ruhig, die Augen geschlossen, völlig entspannt.

Nach einer Weile sah er sich als Knaben die Schule verlassen, an Fiakern vorbei hüpfen, den Ranzen geschultert. Es rappelte gar arg in der Tasche, es klang nach Geldstücken, doch er widerstand der Versuchung, hinein zu sehen. Auch, weil er sogleich daheim bei Tische saß und mit gefalteten Händen das Gebet des Vaters mitsprach. Merkwürdig war nur, dass die Mutter die Suppe in die Teller löffelte. Sie war doch schon seit Jahren tot, beim lieben Gott im Himmel, und tatsächlich schien sie über dem Boden zu schweben. Er streckte die Hand nach ihr aus, stieß an das Glas des Vaters und roter Wein ergoss sich über einen zugefrorenen See. Der Vater schnallte der Mutter die Schlittschuhe an, kniete vor ihr, und dann nahmen sie ihn in die Mitte und wirbelten mit ihm über das Eis. Eine leise Stimme ertönte: *Ich bin so dumm, du bist so dumm, wir wollen sterben gehen, kumm.* Ihm wurde heiß, er schwitzte, und die Maultiere schrien kläglich. Der alte Kainz erschoss eins nach dem anderen und forderte ihn auf, die Tiere zu schlachten. Er wollte ein ungarisches Gulasch zubereitet haben. Das war traurig und doch auch wieder lustig, er stand am Herd, würzte scharf und goss einen Roten über das brutzelnde Fleisch. Es schmeckte säuerlich … er verschluckte sich und schnappte nach Luft. Was träumte er da?

Es war ihm so dicht und klar vor Augen gewesen, aber auch schnell vorbeigezogen, getrieben wie von einem heftigen Wind. Er langte zu seiner über der Stuhllehne hängenden Jacke und fingerte seinen Tabak heraus.

Das Zimmer, in dem er lag, war schmal, ein enger Raum mit nur einem Fenster. Trübes Licht fiel hindurch. Nun, es war Januar, aber zu welcher Tageszeit hatte der Arzt ihn hereingelassen? Er erinnerte nur noch, dass er nicht viel für die Spritze verlangt hatte, in Geldstücken hatte er ihn bezahlt.

In Geldstücken, ja ja. Die klimpernden Münzen.

Glauser rauchte die Zigarette an und blies den Rauch zur Decke hoch.

Diese Bilder …, dass der Vater doch noch so lebendig war.

Er glaubte, ihn mit Anstand verabschiedet zu haben, sich mit ihm versöhnend.

In Gedanken hatte er ihn an seinem Sterbebett aufgesucht.

Tief eingefallene Wangen hatte der Vater gehabt und trockene, aufgesprungene Lippen. Sein Bart war noch länger als ehedem geworden, mit grauslich dürren Fingern hatte der Vater darüber gestrichen. Er hatte die knochige Hand gehalten, sie sanft gedrückt: *Papa, mein lieber Papa, du musst nicht traurig sein, ich verzeih dir, ich verzeih dir alles. Wir wollen nun lieb miteinander sein, in Liebe beisammen sitzen. Ich bleibe bei dir. Schließ ruhig die Augen und sorge dich nicht, ich behüte dich.*

Und in seinen Gedanken in der Ferne, hatte ihn der sterbende alte Mann auf die Stirn und auf dem Mund geküsst und mit schwacher Stimme gesagt, so sei es gut, nun könne er in Frieden entschlafen.

Glauser wischte sich über die Augen. Er nahm einen letzten Zug, drückte die Zigarette aus und rief nach dem Arzt. Die Sprechstundenhilfe kam zu ihm, eine ihn neugierig anblickende junge Frau …

»Wo warst denn die ganze Zeit?«, fragte Emma, als er zu ihr und Marie in die Küche kam. Die beiden Frauen standen am Herd, Marie rührte in einem Topf. Es roch nach Tomaten, nach angebratenem Speck und frischer Petersilie.

»Ich hab ein neues Farbband besorgt«, sagte Glauser. »Ich musste bis zur Universität.« Er küsste Emma auf die Wange und nickte Marie lächelnd zu. »Wir können gleich nach dem Essen weiter arbeiten.«

»Ich hab doch Farbbänder im Haus«, sagte Marie. »Dafür müsst ihr euer Geld nicht ausgeben.«

»Ich möchte halt was beitragen. Du versorgst uns ohnehin schon über Gebühr.« Er setzte sich, kratzte sich flüchtig am Arm.

»Ach was«, sagte Marie. »Ich mags nicht ständig wiederholen, wie sehr ich mich freue, euch bei mir zu Gast zu haben. Außerdem schafft Emma im Haushalt schon so viel, dass ich ihr eigentlich noch was zahlen müsste.«

Emma schüttelte unwillig den Kopf.

»Das will ich nicht hören«, sagte sie. Sie wandte sich an Glauser. »Mit dem Essen dauert es noch etwas. Willst dich nicht so lange hinlegen? Ich fürchte, die lange Reise steckt dir immer noch in den Knochen.«

Glauser sprang augenblicklich wieder auf, machte ein paar Schritte, blieb am Küchenbord stehen und angelte sich ein Glas.

»Durst hab ich«, sagte er. »Viel Durst.«

»Siehst du«, sagte Emma. »Das ist noch das Fieber.« Sie wollte an seiner Stirn fühlen, aber er wich ihr aus.

»Soll ich dir einen Tee aufbrühen?«, fragte Marie. Glauser

drehte den Wasserhahn auf. Das Glas entglitt ihm, zerschellte am Boden.

»Mein Gott!« Emma schlug erschrocken die Hand an den Mund. Marie sah Glauser prüfend an. Er bückte sich rasch nach den Scherben.

»Lass«, sagte Marie. »Bitte.« Sie ging ebenfalls in die Knie und suchte seinen Blick. Glauser schloss die Augen.

Ihm war plötzlich schwindelig. Es versuchte, sich am Boden abzustützen, kippte aber auf die Seite. Seine Beine zuckten. Seine Hacken trommelten auf die Fliesen.

Früh am nächsten Morgen stakste er ins Bad, wusch sich flüchtig Gesicht und Hände und setzte sich auf den Wannenrand. Ausdruckslos starrte er vor sich hin. Es war tatsächlich zu viel gewesen. Seit sie im Dezember aus der Bretagne weggezogen waren, hatten sie keine Ruhe mehr gefunden. Sie waren nach Marseille aufgebrochen, Emma war krank geworden, er war krank geworden. Wieder einmal überarbeitet, wieder einmal restlos erschöpft. Müde Glieder, Schmerzen im ganzen Körper, das Gehirn wie eingefroren.

Der unfertige Roman hatte auf ihm gelastet, der Wettbewerbsroman. Er hatte keine Zeile mehr aufs Papier gebracht, und der Abgabetermin war näher und immer näher gerückt. Angstschweiß, Herzrasen, Panik. Am 31.12. hätte er ihn abliefern sollen, per Post an den Schriftstellerverein. Es war nicht zu schaffen gewesen. Er hatte lügen, einen Diebstahl des Manuskripts vortäuschen müssen, hatte eine einmonatige Fristverlängerung herausschinden können. Sie waren weitergereist, hatten nach Tunis gewollt. Den Kopf durchlüften, die Stadt durchstreifen. Kif, Kif, Kif, und hernach ins Bad gehen, sich durchklopfen lassen. Doch Emmas Visum war ungültig gewesen. In Spanien wütete der Bürgerkrieg, Frankreich schickte Truppen an die Grenze. Die Züge waren mit Soldaten überfüllt. Sie hatten sich Collioure zum Ziel genommen, den kleinen Küstenort, in dem er schon mit Betti Ferien gemacht hatte. Ein Wahnsinn, ein so heftiger Schub an Erinnerungen, dass er stundenlang wie ein verendendes Tier qualvoll hätte schreien können. Und der Roman, der Roman – er hatte die geschriebenen Seiten von vorn nach hinten und von hinten nach vorn geblättert, die Buchstaben waren vor seinen Augen verschwommen, bis gleißende Leere ihn vollends blendete. Wie jetzt aufs Neue, trotz durchgeschlafener Nacht unsäglich müde …

»Er diktiert uns eine neue Fassung«, sagte Marie. »Emma und ich wechseln uns an der Schreibmaschine ab. Bei Emma ist er nachsichtiger.«

»Alles aus dem Kopf?«, fragte der Volksschriftsteller nach. Er zündete sich eine dünne Zigarre an, lehnte sich zurück und schlug die Beine übereinander.

»Er hatte ja schon weit über die Hälfte fertig.«

»Dennoch.« Der Volksschriftsteller wiegte den Kopf. »Das muss eine gewaltige Anstrengung sein. Wie geht es ihm dabei?«

»Er macht mir Angst. Selbst ich komme an meine Grenzen, und wenn ich mir vorstelle, dass möglicherweise alles umsonst war –« Sie machte eine verzweifelte Geste.

Der Volksschriftsteller blickte durch die große Scheibe des »Odeon« hinaus auf die Straße. Passanten stapften gegen den Wind ankämpfend vorbei, die Hüte tief in die Stirn gezogen. Pfützen hatten sich auf dem unebenen Pflaster gebildet. Die Nacht über hatte es durchgängig geregnet. Der Volksschriftsteller hatte lange wach gelegen, und kalt war ihm gewesen, allein in seinem breiten Bett.

»So dürfen Sie nicht denken«, sagte er jetzt zu Marie. »Sie

nehmen teil an einem Schaffensprozess, an einem künstlerischen Akt. Und Kunst ist es zweifellos, was der Glauser hervorbringt. Ich glaube, ich habe das schon mal in Ihrer Gegenwart geäußert.«

Marie zuckte die Achseln. Sie nestelte am Kragen ihrer Bluse, blickte den Volksschriftsteller bittend an.

»Was hört man denn von der Jury?«

Der Volksschriftsteller lächelte nachsichtig.

»Ich kann Ihnen nur sagen«, sagte er, »dass man ungeduldig auf seine Einreichung wartet.«

»Hat er starke Konkurrenz?«

»Marie – das können Sie sich doch auch selbst beantworten. Allzu viele gute Autoren hat unser Land nun mal nicht. – Darf ich Ihnen noch einen Kaffee bestellen?«

»Danke, aber ich muss noch kurz in den Verlag. Aber … der Fredi würde sich sicher freuen, wenn Sie mal nach ihm sehen würden. Würden Sie das tun?«

Der Volksschriftsteller klopfte die Asche von seiner Zigarre ab. Er seufzte. »Ich fürchte«, sagte er, »das würde mir von den Kollegen angekreidet. Ein zufälliges Zusammentreffen hingegen –« Er dachte kurz nach. »Ich könnte Ihnen zwei Billetts für die Opernpremiere zukommen lassen«, schloss er.

Glauser wartete noch, bis die Wohnungstür hinter Emma ins Schloss gefallen war. Er lauschte ihren Schritten die Treppe hinunter. Marie kam mit einem Krug Wasser in das kleine Zimmer zurück.

»Ich lüfte einmal durch«, sagte sie, ging zum Fenster und öffnete es. Glauser hustete, setzte sich im Bett auf und schlang den Schal fester um den Hals.

»Ich hab im Beisein der Emma nicht davon sprechen wollen«, sagte er. »Ich denk, wir sind dir lästig. Du kannst es ruhig frei heraus sagen. Ich bins gewohnt, fortgeschickt zu werden. Das hab ich von früh an erfahren müssen.«

Marie blieb am Fenster stehen. Sie drehte sich nicht zu Glauser um. Sie presste ihre Lippen fest aufeinander, sah hinaus.

»Ich kann das letzte Kapitel auch unterwegs schreiben.«

»Unterwegs«, sagte Marie. »Wie stellst du dir das vor? Heute ist Freitag, und Montag ist dein Abgabetermin.«

»Wir finden schon was.«

»Ist Emma auch der Meinung?«

»Die Emma hat ein feines Gespür für Missstimmungen. Sie merkt sehr wohl, dass du dich beengt fühlst. Du bleibst ja auch schon über Nacht weg.«

Marie trat nun zu ihm ans Bett. Mitleidig blickte sie ihn an.

»Du irrst dich«, sagte sie. »Wenn ich einmal woanders schlafe, heißt das nicht, dass ihr mir zu Last fallt. Aber dir scheint es zu schaffen zu machen.«

»Es geht mich nichts an, mit wem du schläfst. Ich denk nur, du hast den Urs.«

»Nein, du denkst, jetzt geht auch die Marie von mir, lässt mich allein, schenkt ihre Liebe irgendeinem Anderen und du, du Armer bleibst wieder einmal auf der Strecke, wirst fortgeschickt, das kennst du ja. Und schon hast Grund, dir deine Drogen zu beschaffen. Mehr und immer mehr davon. Ich seh doch, was du jetzt schon nimmst.«

Glauser schluckte. Er kroch wieder tiefer unter die Decke.

»Du tust mir Unrecht«, sagte er mit kleiner Stimme.

»Ich sag, wies um dich steht. – Mein Gott, Fredi, mach du mir doch nichts vor. Ich kenn dich besser als du dich selbst. Schon wie dus beginnst mit dem, was dir seit jeher widerfahren ist – das ist kindisch! Ich bin nicht deine Mama.«

Glauser schüttelte heftig den Kopf.

»Du willst mich nicht verstehen«, sagte er. »Ich kann auch so nicht arbeiten. Lass mich ... lass mich jetzt schlafen.«

Marie atmete tief durch.

»Und dann?«, sagte sie ruhig. »Willst dich dann gleich davon schleichen?« Glauser antwortete ihr nicht. Marie schloss das Fenster. »Ich möchte, dass wir am Sonntagabend mit dem Roman durch sind. Ich liefere ihn dann auch ab. Danach kannst du weiterziehen – weglaufen.« Sie sah nicht mehr nach ihm.

Sie verließ das Zimmer, fasste sich auf dem Gang an die Stirn. Tiefe Traurigkeit überkam sie.

Emma weckte ihn mit einem Kuss. Glauser rieb sich die Augen. Emma drückte ihm eine handtellergroße, flache Schachtel in die Hand.

»Herzlichen Glückwunsch«, sagte sie. »Das ist, damit du jederzeit an mich denkst. An uns beide.« Er öffnete die Schachtel und blickte auf eine Westentaschenuhr mit römischen Ziffern. Er besaß keine Weste, aber er war gerührt.

Es war Freitag, der 4. Februar 1938. Es war sein 42. Geburtstag, frühmorgens um 7.13 Uhr.

Heil- und Pflegeanstalt Friedmatt bei Basel am gleichen Tag, nachmittags.

Aufnahmestatus

Pat. hat schon gestern telefoniert. Er sei bereit, sich das Opium entziehen zu lassen. Nimmt z.. Zt. 3040 g Opiumtinktur täglich. Zusätzlich Schlafmittel. Pat. reist mit Begleiterin gegen Mittag an. Die Frau (seine Lebensgefährtin) will bei Bekannten in B. Quartier nehmen. Hinterlässt Adresse. Pat. zittrig, fahl, sehr enge, kaum reagierende Pupillen, schweißig, appetit-

los, verstopft, sehr müde, relativ ordentlicher Ernährungszustand. Ist sehr dankbar für die Aufnahme. Für die Kosten garantiere sein Vormund Dr. Heider. Tel. Rückversicherung. Zimmerzuweisung. Hausvorschriften. Termin für umfassende Untersuchung.

Er zog sich bis auf das knielange Hemd aus, legte sich ins Bett und blickte hinaus in den Park. Die Bäume waren kahl, der Himmel grau. Vom Flur her vernahm er gedämpfte Stimmen. Es gelang ihm nicht, ruhig liegen zu bleiben. Er war überzeugt, dass da vor der Tür über ihn geredet wurde. Mit einem Satz sprang er aus dem Bett und riss die Tür auf. Auf dem Flur war niemand zu sehen. Ein Mobile klirrte an die Fensterscheibe.

Er hatte eine schlaflose Nacht. Er versuchte, allein an Emma zu denken, nur an sie, und an all das, was sie ihm an Liebe gab, an Liebe und auch an Verständnis, die brave Geiß. Doch es gelang ihm nicht. Ihr Bild, ihr sanftes Gesicht, wurde überlagert von dem der Betti, einer lachenden Betti, die ihre Arme um ihn schlang, ebenso begehrend wie diese junge Sprechstundenhilfe, mit der er in ihren Mittagspausen heimlich zusammen gewesen war, so verrückt traurig, dass er nun glaubte, nicht nur in dieser Nacht keine Ruhe zu finden, sondern nie mehr.

Krankenakte
Nach einer weiteren schlaflosen Nacht und Abbau des Opiums bis auf 50 Tr. täglich werden die Entzugserscheinungen stärker, der Pat. schwitzt wieder, er gähnt und fühlt sich im Allgemeinen schlecht und schlapp, wird in seinen Stimmungen labil. Allerdings lässt er sich durch Gespräche zeitweise ablenken, erklärt aber heute um 4 h. nachm., er wolle unbedingt fortgehen,

er halte diese »Rosskur« nicht mehr aus. Auch als wir mit allen möglichen Mitteln versuchen, ihn zu überreden, wird er nur leicht gereizt, sagt ein paar kleine, bissige Frechheiten, erklärt, er kenne alle psychiatrischen Tricks und wir könnten nichts Neues beifügen.

Dr. Heider verließ seine Kanzlei in der Rämistraße und stieg in das wartende Taxi. Er nannte dem Fahrer die Adresse, lehnte sich erschöpft zurück und schloss die Augen.

Als der Wagen vor Maries Haus hielt, schreckte er zusammen. Ihm war, als wache er aus einem Tiefschlaf in seinem Bett auf. Er zahlte den Fahrer, wartete noch, bis er wieder losfuhr und klingelte dann bei Marie. Sie empfing ihn äußerst besorgt.

»Ich habe Bernhard hinzu gebeten«, sagte sie. »Sie kennen ihn ja. Er wäre bereit, Sie noch heute zur Friedmatt zu begleiten.«

Heider begrüßte den Volksschriftsteller.

»Danke«, sagte er. »Aber das hat sich erübrigt. Ich habe die Anstalt verpflichtet, Glauser unter keinen Umständen gehen zu lassen. Äußerst unerfreulich jedoch war, auch noch mit ihm selbst reden zu müssen. Er hat mich telefonisch aufs Übelste beschimpft und –« Er zuckte entschuldigend die Achseln. »Er hat sich auch über Sie, Marie, in einer Art und Weise geäußert, die schockierend ist.«

»Was sagt er denn?«

Heider nahm das vom Volksschriftsteller eingeschenkte Glas Wein entgegen und drehte es unschlüssig. »Ich möchte es Ihnen nicht wortwörtlich zitieren, aber es mündete in dem Vorwurf, Ihre überaus strenge Mütterlichkeit habe ihn dazu gebracht, wieder zur Droge zu greifen. Außerdem hätten Sie einen Keil zwischen ihn und seine Verlobten getrieben.«

»Das ist … das ist unglaublich!«

»Seine Verlobte?«, fragte Bernhard.

»Wahn, alles nur Wahn«, sagte Heider. »Er hofft, dieses Fräulein Emma heiraten zu können, aber nach dem Stand der Dinge – Marie, es ist in der Tat furchtbar, zu was er sich da verstiegen hat, aber in Bezug auf eine seiner Äußerungen muss ich dennoch Gewissheit haben. Er ist nämlich felsenfest davon überzeugt, dass Ihr Verlag ihn bei den ihm zustehenden Honoraren betrogen hat.«

Marie konnte nur mit Mühe die Tränen unterdrücken. Bernhard beugte sich zu ihr und legte den Arm um sie. Dr. Heider wartete.

»Warum setzt er so was in die Welt?«, fragte Marie schließlich. »Es ist immer korrekt abgerechnet worden, dafür kann ich mich verbürgen. Und ich … ich habe ihm noch zusätzlich Geld gegeben. Immer. Immer, wenn er in Not war und auch sonst. Was macht … was macht ihn jetzt so hasserfüllt?«

Krankenakte
Wegen des Befundes der Poliklinik – Lungen- und Herzschwäche – wird beschlossen, die Schlafkur nicht durchzuführen. Es wird stattdessen eine Insulinkur begonnen. Auf die heutige erste Insulindosis hin isst dann der Pat. zum ersten Mal, seit er bei uns ist. Während der Wirkung der 2. Insulindosis heute gegen Abend wird er dann ganz ruhig, spricht mit einer heiteren Gelassenheit, erklärt bereits, man hätte recht daran getan, ihn zum Dableiben zu zwingen.

Er traf mit ihm auf dem Flur zusammen. Es war ein stark übergewichtiger Mann mit schütterem Haar.

»Sollst auch ins Bad?«, fragte er.

Glauser nickte. Der Dicke reichte ihm die Hand.

»Dann können wir ja ein wenig plaudern.« Er lachte ein fröhliches Lachen. »Schad, dass meine Schwester erst morgen wieder zu Besuch kommt. Sie schmuggelt mir immer ein Fläschchen Hochprozentigen ein. Das hätt uns dann auch von Innen gewärmt.«

»Ich vertrags momentan nicht«, sagte Glauser. Der Dicke lachte wieder.

»Wenn mans gewohnt ist, kanns einem nichts anhaben. Woher stammst denn? Bist hier aus der Gegend?«

Krankenakte

Pat. am Morgen im Insulin. Klagt nachmittags über Kopfschmerzen und Übelkeitsgefühle. Erhielt 0,5 Pyramidon. Gegen Abend gutes Befinden. 21 h. wird Referentin gerufen und kommt hinzu, wie Pat. gerade hingestreckt, bewegungslos, bewusstlos in den Kleidern auf dem Badezimmerboden liegt. Blasses Gesicht. Am Kopf und am Boden Blut. Pat. L., der beim Fall des Pat. ebenfalls im Badezimmer war, macht folgende Angaben: Pat. sei ruhig dagesessen und habe sich mit ihm unterhalten. Plötzlich, 5 Min. vor Erscheinen der Ref., sei er unvermittelt im Gespräch aufgestanden, habe Zuckungen am ganzen Körper gezeigt, sei wie ein Baum umgestürzt, direkt auf den Hinterkopf. In diesem Moment kam ein Pfleger dazu, der angibt, Glauser sei dagelegen und habe gezuckt, vor allem mit den Beinen und zwar auf beiden Seiten gleich stark. Aber auch der übrige Körper habe Zuckungen gezeigt. Pat. sei vollständig bewusstlos gewesen. Die Zuckungen hätten dann nach einigen Momenten aufgehört. Pat. erhält sofort gezuckerten Tee, 60 ccm 20% Traubenzucker intravenös. Schon vor dieser Injektion kommt er wieder zum Bewusstsein (Bewusstlosigkeit dauerte 67 Minuten), bald darauf tritt ein ausgesprochener Erregungszustand auf, in dem Pat. auch motorisch unruhig ist. Er ist nicht orientiert. Am Hinterkopf etwas rechts und über dem rechten Parietale ziemlich große Rissquetschwunde, die stark blutet. Am rechten Auge schon wenige Minuten nach dem Sturz ausgesprochenes Brillenhämatom. Es handelt sich offenbar um eine Fraktur der Schädelbasis. Lateral von der Cornea kleine subkonjunktivale Blutungen. Neurologisch nichts Pathologisches zu finden. Die Reflexe sind intakt. Pathologische Reflexe sind keine vorhanden. Geruch und Gehör sind nicht gestört, mit dem Ohrenspiegel lässt sich keine Blutung aus dem Ohrinnern feststellen. Auch keine Blutung aus Nase oder Mund. Pat. wird zu Bett gebracht. Im Bett legt sich sein Erregungszustand nach kurzem. Eine gewisse Verwirrtheit und Desorientierung bleiben noch mehrere Stunden bestehen. Pat. klagt über schwere Kopfschmerzen. Erhält anfangs eine Eisblase auf den Kopf, die er als unangenehm empfindet. Um Mitternacht wieder etwas stärkere Erregung …

… da haut jemand auf die Schreibmaschinentasten, es knallt wie die Schüsse in der Garnison, und der Bürostuhl knarrt unter dem Gewicht des … bist dus, Studer? Ich seh dich kaum … doch, ja, du bist es, ich fürchtete schon … was? Ruhig soll ich sein? Die Fragen stellst du? Aber ich frag doch gar nichts, der Dicke hat mich ins Verhör genommen … aus Bern ist er, du musst ihn kennen … Marie, die Marie, es war doch sie … die Antwort, ja, die Antwort … ich leugne es nicht … gestohlen hab ich seiner fetten Schwester den Schmuck … es ist verjährt, da staunst, was, Studer? Ich kenn mich aus mit den Gesetzen, aber langweilig ist dieses Kriminalromanschreiben … ein böser Zufall … aus Bern und ist doch tatsächlich der Bruder, ebenso fett … man mags nicht glauben … deine Brissago, Studer, das Kraut stinkt grauslich … bei der Käthi in der Wirtsstube wars … aber sicher, ich erinnere mich, die Käthi hat mit dem Holzscheit zugeschlagen … dieser Sägewerkbesitzer, wie hieß er noch? …

So nehm dir doch den Dicken vor, was redet er auch von seiner Schwester … die Emma, Schwester Emma, so lasst sie doch zu mir herein … ich werd noch verrückt … die Kälte, diese eisige Kälte … ein böser Winter wars alles in allem … was schreit die Frau auch und weckt das ganze Haus … man hätts nicht tun dürfen, da hast Recht, Studer … man ist ein armer Hund und leidet … die Käthi war lieb, ich hätt sie gern einmal geküsst …. Richi, richtig, Richi hieß er … jetzt kann ichs zu Protokoll geben … warum ist mit einem Mal die Schreibmaschine nicht mehr zu hören? … Studer! Studer, nun schwing dich nicht gleich auf dein Krad … endlich, Emma, endlich … du musst mir verzeihen, das ist lange her … dein Hase macht halt manchmal Dummheiten … lässt sich von so einem Dicken einen Schreck einjagen … betrunken ist er gewesen, ja, doch, er hats ja auch ohne … wie heißt es noch? Emma, warum schweigst jetzt auch du? Ein Wort … da starr ich aufs Papier … noch einen Studer und noch einen Studer und nimmer hörts auf mit der Quälerei … man möchte schreien, schreien, schreien … nein, ich begrüß deine Schwester nicht, schick sie fort, ich will sie nicht sehen … nein, nein! Nein, so schaff sie doch weg, bring sie zum Schweigen …

Krankenakte

Pat. nach dem Unfall stark hysterisiert. Er tut dergleichen, als vergesse er, was wir ihm gesagt haben, was sicher nicht der Fall ist, wie sich aus anderen seiner Äußerungen deutlich ergibt. Er fragt dutzende Male nach dem Hergang seines Unfalls, und jedes Mal sagt er, wir hätten ihm noch nie davon erzählt. Er will auch gepflegt und gehätschelt werden wie ein verwöhnter kl. Junge. Als seine Freundin ihn dann besucht, taut er auf und verhält sich plötzlich wieder ganz normal. Er schimpft nicht, ist sogar etwas zu euphorisch. Hat vor Eintritt in die F.

den ersten Preis des Schweizer Schriftstellerund Verlegervereins von 1000,– Fr. gewonnen. Spricht davon, nach erfolgreicher Kur mit der Freundin in Italien sesshaft zu werden. Mit fortschreitender Genesung zeigt sich allerdings auch, dass Pat. sich allerhand Vorteile zu erschwindeln versucht. Er hat sich an den Psychopathen A. herangemacht, der ihm Zigaretten verschaffte, bestreitet das aber kaltblütig mit der freundlichsten Miene, obschon verschiedene Schachteln in seinem Nachttisch gefunden wurden. Strengere Kontrolle wegen der Möglichkeit des Einschmuggelns von Mo. wird gemacht.

Er hakte sich bei Emma unter. Sie gingen in den Park.

In Glauser Augen lag ein freudiges Leuchten.

»Wir reisen über Luzern nach Lugano«, sagte er. »Dort bleiben wir vielleicht ein paar Tage. Es muss aber auch nicht so lange sein, nur eine Pause möchte ich gern machen.«

»Wir halten es, wie es dir am besten bekommt.«

»Ach, ich könnt schon heute aufbrechen.«

»Nein, nein, die Kur bringst noch zu Ende. Ich will dich gesund an meiner Seite haben.« Glauser beugte sich zu ihrer Hand und küsste sie. Er kam dabei ein wenig aus dem Gleichschritt, fing sich aber schnell wieder und straffte sich.

»In Italien«, sagte er, »in Italien werden wir es wirklich gut haben. Man kann dort billig leben, und ich werd auch fleißig schreiben. Nein, nein, in Ruhe, Liebste, mit einem ganz geordneten Tagesablauf.«

»Ich kontrollier es«, sagte Emma. »Und du musst dich auch nicht mit den Papieren für die Heirat herumschlagen. Ich hab schon an die Ämter geschrieben.«

»Du hast – ?« Er blieb abrupt stehen.

»Ich hab das in die Hand genommen, sonst wirds ja nie was mit unserer Hochzeit.«

»Das ist … das ist lieb von dir«, sagte er mit etwas erstickter Stimme und blickte zu Boden. »Lass uns … lass uns wieder zurück gehen. Es ist mir doch noch zu anstrengend.«

Krankenakte
Pat. klagt über Brennen am ganzen Körper und innerhalb von ein paar Stunden entwickelt sich bei ihm ein Erythem am ganzen Stamm, das sehr stark juckt. Nach Ausschalten anderer Ursachen muss angenommen werden, dass es ein medikamentöses Erythem nach Verabfolgung eines Barbiturats war. Am Mittag wird dem Pat. Calcium gespritzt, und er bekommt Rhicinusöl. Um 4 h. nachmittags steht er trotz unseres strengen Verbots auf, d. h. er geht aus dem Bett und begibt sich zum Abort. Der Pfleger hört einen Fall und findet den Pat. bewusstlos am Boden liegend mit einer Beule auf der rechten Stirnseite. Bewusstlosigkeit ca. 3 Min. Es treten sofort starke Kopfschmerzen auf, der Pat. ist äußerst gereizt, verlangt sofortige Transferierung ins Spital, andere Ärzte, gibt in versteckten Worten uns die Schuld an seinem neuen Unfall.

Tod in Nervi

Er saß an seinem Schreibtisch mit Blick über den kleinen Ort hinweg auf das Meer. Er hatte frühmorgens einen Spaziergang am Strand entlang gemacht, war mit hochgekrempelten Hosenbeinen durchs Wasser gewatet. Kalt war das Wasser gewesen, aber er hatte es nicht als unangenehm empfunden. Er hatte seinen Gedanken nachgehangen … morgen, morgen sollte die Hochzeit sein. Morgen, am 7. Dezember 1938, einem Mittwoch.

Ende Mai war er mit Emma nach Nervi gekommen, einem oberhalb von Genua gelegenen Kurort mit prächtigen Gärten und einer schönen, in den Felsen gehauenen Strandpromenade. Kleine Straßen, Gassen, ein Park. Einige Restaurants und Cafés. Ein Bus, der bis in die Hafenstadt fuhr.

Es war ein einfach gebautes Haus mit Terrasse und nur einem Raum, das sie gemietet hatten. An Mobiliar gab es gerade mal das Notwendigste. Geheizt werden konnte das Zimmer nicht.

Den Sommer über war es angenehm gewesen. Sie hatten draußen in der Sonne sitzen können. Er hatte an dem kleinen Klapptisch gehockt, den leichten, hellen Hut auf dem Kopf und hatte seine Erinnerungen getippt …

Kindheit und Jugend in Wien, die früh, zu früh verstorbene Mama, der Vater, den er Patschika genannt hatte, seine Tränen, seine Trauer und sein Griff zur Flasche. Seine trunkene Wehleidigkeit und seine spätere Versteinerung. Sein Zorn über den vermeintlichen Diebstahl und seine ungerechten Bestrafungen … Laufschritt im Hof, dreißig Runden, fünfzig Runden und anschließend dreihundert Mal schreiben: Wer hat das Fleisch gestohlen? – Gestehst du es jetzt?

Damals in Wien, im Wiener Elternhaus, hatte er zum ersten Mal erfahren, was Müdigkeit ist. Nicht die körperliche. Es war die andere, die unerträgliche Müdigkeit, die einen nach einem solchen Verhör ergriff. Eine Müdigkeit, gegen die er machtlos war.

In diesem italienischen Sommer aber hatte er ohne Unterbrechung stundenlang schreiben können, nur hin und wieder nach einem richtigen Wort gesucht, einem Ausdruck für ein bestimmtes Gefühl, hatte darüber nachdenkend frischen Kaffee aufgesetzt, die Wasserkaraffe nachgefüllt …

Alles, was er als kleiner Bub erlebt und erlitten hatte, war in ihm aufgestiegen wie schillernde Blasen, die wachsen und wachsen, und er hatte es niedergeschrieben in der Hoffnung, das immer wiederkehrende, quälende Erscheinen der Bilder von nun an los zu sein …

Er hatte sich geirrt. Nachts hatte er noch schlimmere Träume gehabt als je zuvor …

… da saß die Mutter in braunem Rock unter der Lampe. Der Mond spiegelte sich in einem fahlen See. Der Vater preschte hoch zu Ross vorbei. Zwischen den gespitzten Ohren des Tiers blinkte ein grüner, platter Kopf mit grellen Augen, und um den Körper des Pferdes ringelte sich wie ein dickes Tau eine Schlange. Blutrot wurde die Ebene, Blut spritzte auf ihn, und er hatte sich fragen gehört: Kann man denn eine Frau im Blut haben?

Es war Herbst geworden, die Blätter fielen von den Bäumen, es regnete und es stürmte oft, und von Tag zu Tag wurde es kälter …

Seitdem hatte er nichts mehr zu Ende gebracht, hatte zwei neue Romane angefangen, sie umgemodelt, sie verworfen, hatte neue Pläne gemacht, flüchtig hingeschriebene Skizzen, Stichworte, deren Sinn er schon wieder vergessen hatte und hockte nun vor einem Wust vollgekritzelter Seiten, die er nicht einmal mehr lesen mochte.

Er saß da in eine Decke gehüllt und starrte auf das Meer hinaus. Das Meer, das Meer, es rauschte in seinen Ohren, und er spürte jetzt eine Kälte in seinen Beinen hochsteigen … morgen, morgen zur recht frühen Stunde war der Termin im Standesamt, die Trauung …

… er fragte sich, was danach sein würde, was anders wäre …

… nach wie vor unter Vormundschaft stehend, unstet, haltlos, psychopathisch, irre, drogensüchtig, nachdrücklich untersagt, Kinder zu zeugen, irreparable Schäden …

… hier in Nervi hatte er nur seinen Geburtsschein vorlegen müssen …

… geboren in Wien … schlanke Frauen mit Blumenhüten flanierten in den Parks, schwebten über Wiesen, mit bunten Bändern winkend, und der Fiaker ließ die Peitsche knallen und vom Südbahnhof her ertönte der Pfiff der Lokomotive …

Sehnsüchte … er hatte keine Kraft mehr. Er war müde.

Sein Blick belebte sich ein wenig. Er sah Emma den Weg zur Casa heraufkommen. Sie war auf dem Markt gewesen, trug schwer an der Einkaufstasche. Er seufzte und ging ihr entgegen …

»Ich habe frische Heringe bekommen, die magst doch so gerne.« Er nahm ihr die Tasche ab.

»Wir essen sie zur Nacht. Ich will mir doch noch einmal den Ascona Roman vornehmen.«

»Aber nicht allzu lange. Eine Stunde mindestens musst du wieder ruhen. Ich halt dich im Auge.«

Er nickte nur noch und ließ sie vorgehen …

Sie nahm nun leichtfüßig die letzten Meter, schüttelte die Arme aus, die vom Tragen verkrampften Hände. Die Hände, die braven Hände. Hände, die zupacken und liebevoll, zärtlich sein konnten. Nur noch eine Nacht, und er würde den Ring über ihren Finger streifen. Sie wandte sich in der Tür zu ihm um: »Nun komm, du hast dir ja nichts Warmes übergezogen. Die Leute sagen, es wird eine noch kältere Nacht.«

Er hüllte sich in die Decke und setzte sich wieder an den Schreibtisch, spannte ein Blatt ein. Er legte die Finger auf die Tasten der Schreibmaschine und schickte ein stummes Gebet gen Himmel: Lass es nur eine Seite sein, nur dreißig Zeilen … gib mir ein Zeichen, dass es richtig ist, die Emma zu heiraten …

… *An jenem frühen Morgen – der Mond war untergegangen, und – in der Finsternis war es unmöglich, die genaue Zeit – auf der Taschenuhr festzustellen …*

Er blickte auf seine Taschenuhr. Ihm war, als habe er eben erst aufs Zifferblatt geblickt. Doch der große Zeiger war schon über eine halbe Stunde weiter. Es ging auf eins zu. Er hörte Emma hinter sich Teller und Gläser für den Imbiss auf den Tisch stellen. Sie würde, wie mittags immer, Wasser einschenken. Er wünschte sich Wein, einen Liter Weißen, kühl und schnell hinunter geschluckt …

… *Betti schleuderte das Weinglas in den Raum und drehte ihm den Rücken zu …*

… *die Frau, die tote Frau* … ein Fall für den Studer. Er drehte sich im Kreis … lauf, lauf, schütz keine Müdigkeit vor … Warum auch hatte ihn die Betti verlassen? Man war sich doch so nah gewesen, so gleich in allem, selbst bei der Schrift … wie Brüderlein und Schwesterlein … Er tippte noch ein paar Worte … *sah Studer das Haus – in dem etliches – sich noch abspielen sollte –*

… eine Schlange ringelte sich aus dem Kamin, und Betti schrie entsetzt auf …

… er riss das Blatt aus der Maschine, zerknüllte es.

»Ich hab heißes Öl mit Knoblauch über die Tomaten gegeben, das hat mir die Marktfrau empfohlen. Du weißt, die Stattliche mit den roten Haaren. Sie kommt ja auch zur Trauung.«

»Ist schon recht«, sagte er und nippte an dem Wasserglas.

»Ich werd nachher schon mal deine Joppe ausbürsten. Du trägst sie ja heute nicht mehr.« Sie lächelte ihn an. »Oder sollen wir zum Abend hin noch in den Ort?«

… sie bot es ihm aus Liebe an, das wusste er. Sie machte sich nicht allzu viel aus dem Umherspazieren im Städtchen, wo Cafés und Bars zum Verweilen lockten, der Zigarettenrauch schwer in der Luft hing, und Männer die Karten auf den Tisch knallten. Sie verrichtete brav ihr Tagwerk, nähte und stopfte des Abends …

… eine Ehe, eine Ehe … eine Ehe ist eine komplizierte Sache … Emma war ihm immer treu gewesen, von einer guten, warmen Treue. Er wollte es ihr danken … aber heiratete man aus Dankbarkeit?

… was hatte man dem Mann am Kopfende der Liege sitzend nicht alles erzählen müssen? Er hatte geglaubt, ihm helfen zu können, indem er ihn hatte reden lassen … sich alles von der Seele hatte reden lassen … reden, reden, reden … Angst, hatte er ihm gesagt, entstehe aus Verdrängung … das Einschlafen machte ihm Angst, immer noch …

Er lag auf der dünnen Matratze und beobachtete aus den Augenwinkeln, wie Emma den Tisch abräumte und sich die Mappe mit ihren Papieren und den Fotos vornahm. Draußen auf der Straße fuhren die letzten Marktwagen vorbei, Hupen ertönten, begleitet von lautstarkem Lamentieren. Sicher war auch der Schlachter dabei, über den zu hören war, dass er jeden Samstagabend in Genuas Viertel der Nacht umherzog, auf der Suche nach jungen Frauen mit dunkler Hautfarbe …

… er lächelte, zum glitzernden Sternenhimmel der Wüste aufschauend. Die Augen fielen ihm zu …

»Siehst du, das hast gebraucht«, sagte Emma, als er sich aufsetzte und sich die Augen rieb. »Fest geschlafen hast du, es wird schon dunkel.« Er streckte die Hand nach ihr aus. »Halt mich«, bat er. »Halt mich ganz fest.« Er umarmte sie und verbarg sein Gesicht an ihrer Brust …

Später filetierte er die Heringe, wässerte sie und schnitt sie in kleine Stücke. Emma nahm den Topf mit den gekochten Kartoffeln vom Herd, öffnete das Fenster und stellte ihn zum Abkühlen aufs Brett. Ein kalter Wind wehte hinein …

… denk doch, dass man den Buben abhärten muss. Jetzt, wo er wahrscheinlich keine Mutter mehr haben wird …

Er zitterte mit einem Mal am ganzen Körper, legte das Messer aus der Hand und stützte sich ab …

… zeitlebens hat man die Mutter gesucht, und wenn man sie gefunden hat, ist man tot …

… eine Frau, eine ihm standesamtlich angetraute Frau, eine brave Geiß … und die Betti ließ sich in die Kissen fallen und lachte ihr fröhliches Lachen … der Vater hockte ab … er hatte ein breites, gutmütiges Gesicht, schob den Hut in den Nacken und nickte ihm aufmunternd zu: Mach keine Dummheiten, Glauser … Marie musste er noch schreiben …

… morgen, morgen sollte die Hochzeit sein.

»Weißt, Emma«, sagte er, als sie dann zur Nacht aßen, »ich denk daran, ob es nicht vielleicht doch besser wäre, in die Schweiz zurückzukehren.«

»Daran hab ich auch schon gedacht«, sagte sie.

»Es wär einfacher mit dem Verlag. Ich könnt notfalls mein Geld abholen.«

»Es ist in vielerlei Hinsicht praktischer.«

»Ich merk einfach, dass ich hier nichts mehr zustande bringe. Weder mit dem Studer noch sonst was. Und Schreiben muss ich nun mal.«

»Dann lass uns gleich nach der Hochzeit aufbrechen. Du hättest es mir schon früher sagen können. Dass dich was quält, merk ich seit Tagen.«

»Ich war mir nicht sicher, woran es lag.«

»Auch darüber kannst mit mir reden. Das solltest du inzwischen wissen, du dummer Hase.«

»Ja, ja – ein dummer Hase, das bin ich wohl. Und krieg eine Frau, die so einen dummen Hasen nimmt.«

Sie lachte.

»Was ich an dir hab, kann mir kein anderer geben.«

»Was ist es?«

Sie legte Messer und Gabel zusammen und stand auf.

»Ich hab heute auch einen Wein gekauft, einen guten. Der Wirt sagt, es ist ein Festtagswein. Ich möchte ihn jetzt schon mit dir trinken.« Sie nahm die Flasche aus dem Küchenschränkchen, öffnete sie und füllte zwei noch unbenutzte Gläser.

»Du bist mir Mann und Bub in einem«, sagte sie. »Selbst wenn du wieder mal was anstellst, kann ich dir nicht böse sein. Ich lieb dich halt, wie am ersten Tag.«

Er nahm das Glas entgegen. Sie setzte sich neben ihn und stieß mit ihm an. Sie sahen sich in die Augen. Ein glückliches Lächeln war in ihren. Es war ein Strahlen, ein Leuchten, wie von reinem Gold und es wurde heller und immer heller, es wurde grell, es wurde schmerzend und dann wieder mild …

Er sinkt in sich zusammen.

Er kommt nicht mehr zu Bewusstsein.

Er atmet aber noch dreißig Stunden.

In den ersten Stunden des 8. Dezember 1938 stirbt er.

Er stirbt in Nervi bei Genua.

Er schrieb in Zürich, Münsingen und an unbekanntem Ort den Genfer Roman *Der Heide.*

In Basel, Winterthur und Münsingen schrieb, überarbeitete und vollendete er den Fremdenlegion-Roman *Gourrama.*

In Paris begann er mit dem Roman *Der Tee der drei alten Damen,* schrieb daran beim Vater in Mannheim weiter und schloss ihn in der offenen Waldau-Kolonie Schönbrunn ab.

In Mannheim schrieb er auch den autobiografischen Bericht *Morphium.*

In Münsingen schrieb er die erste *Wachtmeister-Studer-*Geschichte *Der alte Zauberer.*

In der offenen Waldau-Kolonie Schönbrunn schrieb er *Schlumpf Erwin Mord,* den ersten *Wachtmeister-Studer-*Roman.

In der Waldau schrieb er *Matto regiert* und die erste Fassung *Die Fieberkurve.*

In La Bernerie in der Bretagne beendete er *Die Fieberkurve,* schrieb *Krock & Co* und schrieb den Wettbewerbsroman *Der Chinese* weitgehend fertig.

In Basel diktierte er die Neufassung *Der Chinese* und erhielt für den Roman den 1. Preis des Schweizer Schriftstellervereins und des Schweizerischen Zeitungsverlegervereins.

In Nervi schrieb er den autobiografischen Text *Damals in Wien,* begann mit zwei weiteren Studer-Romanen und einem Roman über seine Zeit in der belgischen Kohlenstadt Charleroi.

Er schrieb noch mehr. Er schrieb einige Dutzend Erzählungen, er schrieb Feuilletons, Berichte und Rezensionen.

Er schrieb weit über 500 Briefe. Sein letzter Brief an den Schweizer Schriftstellerverein schloss mit den Sätzen: *»Vielleicht sind wir am Ende – wir sogenannten Künstler – aber dennoch müssen wir unser Wort sagen, wenn es auch im Chaos,* *das die Welt wie Spinneweben überzieht, wie tote Fliegen zappeln mag. Aber was wollen Sie: Mit Kriminalromanen fangen wir an, um uns zu üben. Das Wichtige erscheint erst später.«*

Friedrich Glausers Urne wurde auf dem Friedhof Manegg in Zürich, Abteilung B, Nummer 74, beigesetzt, in der Nähe des Eingangs Thujastraße. Auf dem Grabstein ein aufgeschlagenes Buch mit quer darüber liegender Schreibfeder eingemeißelt, die Inschrift: Friedrich Glauser, Schriftsteller, 1896–1938.

Friedrich Glauser – Ein Suchender unserer Zeit
Interview mit Frank Göhre

Friedrich Glauser und Frank Göhre: Sie haben beide die gleichen Initialen, Sie sind beide Autoren von stilbildenden Kriminalromanen. Welche Gemeinsamkeiten gibt es noch zwischen Glauser und Göhre?

Das habe ich mich auch oft gefragt. Ich bin bis heute noch nicht ganz hinter das Geheimnis gekommen. Ich kann nur sagen, was mich vom ersten Moment angezogen hat: Das war die Suche nach Glück und seine Drogengeschichte. Nicht, dass ich ein Junkie bin, aber ich habe natürlich auch meine Süchte, meine Sehnsüchte. Meine Suche – wie bei Glauser – nach Anerkennung, angenommen, geliebt zu werden. Das sind die Momente, in denen ich ihm sehr nahe bin. Dieses Umtriebige des Glauser habe ich in gewisser Weise auch. Obwohl ich jetzt schon seit über fünfundzwanzig Jahren hier in Hamburg wohne, zieht es mich immer wieder weg. Meine Frau sagt inzwischen, am wohlsten fühlst du dich, wenn du auf Reisen bist – und das stimmt.

Dies sind einige Eckpunkte, die ich nennen kann. Was mich bei seinem Schreiben fasziniert, ist, wie er Atmosphäre schafft. Das versagt sich mir, das bewundere ich. Ich mache es vielleicht auf eine andere Art. Aber die Bilder, die er findet, sind großartig. Sicher waren da auch Drogen im Spiel – das muss man einfach zugeben. Aus früheren Drogenerfahrungen weiß ich, wie einem so ganz plötzlich bestimmte Formulierungen einfallen.

Sonst weiß ich keine Gemeinsamkeiten, außer dass wir beide Kriminalromane schreiben – er geschrieben hat und ich schreibe. Und das, was ich in *Mo* zum Schluss zitiere – »Mit Kriminalromanen hat man angefangen, das Wichtige erscheint später« –, das erhoffe ich bei mir ja auch immer noch.

Friedrich Glauser gilt als eine Art Vaterfigur des deutschsprachigen Kriminalromans. Aber eigentlich ist er von seiner Person her kein Vater – das wird in Mo *ganz deutlich. Er ist ein Getriebener, ein unruhiger Geist.*

Ich glaube, die Vaterfigur bezieht sich eher auf die Figur des Wachtmeisters Studer, nicht auf Glauser selbst. Ich bin der Überzeugung, dass die meisten oder, sagen wir mal, achtzig Prozent der deutschen Krimiautoren, die heute schreiben, keine Vorstellung davon haben, wer Glauser war. Sie kennen bestenfalls den Wachtmeister Studer und wissen vielleicht, dass Glauser eigentlich der erste deutschsprachige Autor war – jedenfalls der jüngeren Zeit, des 20. Jahrhunderts –, der Kriminalgeschichten geschrieben hat. All das macht ihn zur Vaterfigur.

Natürlich gab es schon vor Glauser Kriminalromane und Kriminalnovellen. Das geht weit zurück, bis zu Schiller und anderen. Nur: Friedrich Glauser hat Anfang des 20. Jahrhunderts im deutschsprachigen Raum etwas völlig Neues begonnen. Dürrenmatt wurde von ihm stark beeinflusst, hat das fortgeführt. Glauser selbst ist von Simenon und der Maigret-Figur beeinflusst worden.

Dass die Vereinigung der deutschsprachigen Kriminalautoren ihn zu ihrem Schutzpatron gemacht hat, hängt damit zusammen. Ich habe damals im Syndikat einen Vortrag über Glauser gehalten, und als es dann um einen Namen für den Krimipreis ging, hat man gesagt: »Nehmen wir den Glauser.« Es leuchtete allen ein, weil sein Wachtmeister Studer damals wieder populär wurde und der Name daher auch bei den Lesern Anklang finden würde. Daher glaube ich nicht, dass es die Person Glauser ist, sondern sein Studer und das, was er verkörpert.

Schon eine ganze Weile begleitet Sie nun der Friedrich Glauser. 1988 erschien der Bildband Zeitgenosse Glauser *und nun, zwanzig Jahre später,* Mo – der Lebensroman des Friedrich Glauser. *Sie kommen nicht los von ihm?*

Das geht nun schon seit 1980 so. Die Herausgabe von Glausers Büchern im Arche Verlag, die ich mit Nachworten versehen habe, und später *Zeitgenosse Glauser* – das war für mich eine wunderbare Arbeit. Ich habe versucht, sein Leben als Collage zusammenzustellen. Dafür habe ich Bildmaterial verwendet, das damals im Arche Verlag lag, teilweise aber auch in Bibliotheken herausgesucht werden musste, und autobiografische Äußerungen Glausers und entsprechende Passagen aus den Romanen. Der Leser sollte in dieser Monografie vor allem eigene Texte von Glauser lesen. Ich habe sehr sparsam Zwischentexte zu den Bildern geschrieben. Damit, dachte ich, sei die Geschichte zu Ende.

Dann aber erschien zur gleichen Zeit die zweibändige Glauser-Biografie von Gerhard Saner, und Bernhard Echte begann mit der Herausgabe der großen Werkausgabe beim Limmatverlag, die im Taschenbuch später beim Unionsverlag erschien. So habe ich immer mehr und auch Neues über Glauser erfahren. Vollgestopft mit Wissen und Hinweisen, ist die Biografie von Saner für mich aber unlesbar. Man muss viel Geduld und Liebe aufbringen, um durchzukommen.

So habe ich mir gesagt: Eigentlich fehlt ein Buch, dass es dem normalen Leser ermöglicht, sich mit der Person Glauser anzufreunden, neugierig zu werden auf das, was er geschrieben hat. Ein biografischer Roman, eine Erzählung als Einstieg, das war mein Anspruch. Und da dieses Genre mittlerweile hinlänglich bekannt ist, habe ich mich entschieden, so die Lücke zu schließen.

Aber wie viel Fiktion steckt denn in Mo?

Das ist schwierig zu beantworten. Bis auf wenige Passagen – nämlich die Krankheitsprotokolle – ist eigentlich alles von mir. Aber das, was ich geschrieben habe, beinhaltet wiederum Zitate, Momente, Situationen aus dem Lebenswerk von Glauser. Ich habe es mir aufgrund der mehrfachen Lektüre angeeignet, es verarbeitet, komprimiert und in eigene Worte gefasst, auch die kursiv gesetzten Abschnitte, die Tagebücher und die Notizen sind von mir. Glauser hat in dem Sinne – jedenfalls weiß das keiner und Bernhard Echte hätte es sicher auch herausgefunden – keine Tagebücher geschrieben. Die Tagebuchform ist von mir erfunden worden, aber sie ist durchsetzt mit Momenten aus Briefen, Passagen seiner Romane, aus Überlegungen, die er anderswo angestellt hat, sodass man eigentlich sagen kann: Der Autor Göhre hat sich in die Figur Glauser hineinversetzt und sein Tagebuch geführt, über den Fortgang seiner Arbeit mit den Romanen. In der Realität hat sich Glauser in Briefen damit auseinandergesetzt und mitgeteilt.

Wie sieht es mit den historischen Personen aus, zum Beispiel mit Glausers zahlreichen Frauenbekanntschaften? Haben Sie die verfremdet?

Es gibt Verfremdungen, aber die Figuren haben alle einen ganz konkreten Bezug zu damals lebenden Personen. Nur habe ich aus Persönlichkeitsschutzrechten die Namen verändert. Ich hatte vorher mit einigen Literaturwissenschaftlern gesprochen, die mir geraten haben: »Wenn du einen Roman schreibst, dann sage nicht ›Emmy Ball-Hennings‹, sondern erfinde für sie einen Namen. Man weiß nie, ob nicht irgendwo noch eine Urenkelin von Ball-Hennings lebt, die möglicherweise sagt, meine Urgroßmutter hatte nie mit dem Glauser ein sexuelles Verhältnis. Dagegen klagen wir.« Das war der Hintergrund.

In der ersten Fassung des Romans benutzte ich noch alle realen Namen, da hatte ich ›Emmy Ball-Hennings‹ und ›Hugo Ball‹ stehen, da hatte ich auch den Psychiater, den Vormund erwähnt und Beatrix Gutekunst und Bette Bendel mit richtigem Namen genannt. Einen Skandal wollte ich nicht. Ein kleiner Verlag wie Pendragon hätte solche Klagen gar nicht verkraften können.

Ist Friedrich Glauser für Sie auch heute noch ein Zeitgenosse?

Ich halte ihn für einen Zeitgenossen, eben wegen der Radikalität, die er gelebt hat. Seine radikale Suche nach Ruhe, Geborgenheit, verbunden mit dem Umtriebigen, Nichtsesshaften, verbunden mit dem Drogenkonsum – das macht ihn zu jemanden, der sehr aktuell ist, der uns nahesteht. Er ist nicht der etablierte Bürger, der gesetzte Schriftsteller – er ist ein Suchender. Elfriede Jelinek, die ein großer Glauser-Fan ist, hat einen kleinen Essay über ihn geschrieben, in dem sie ihn auch als Zeitgenossen betrachtet, auch in seinem Krankheitsbild, das Ausdruck unserer Gesellschaft ist. Daher denke ich, Glauser hat noch immer eine große Aktualität.

Die Popularität der *Wachtmeister-Studer*-Romane hat noch andere Gründe. Da ist sicherlich Glausers Suche nach einem ruhigen Pol zu nennen. Eine bekannte Psychoanalytikerin hat mir geschrieben, dass für sie Studer der trockene, ordentliche Vater, nicht der alkoholkranke und seine Alkoholsucht krampfhaft unterbindende Vater ist. Sie hat ihn den nüchternen Vater genannt, der mit beiden Beinen fest auf der Erde steht. Zwar hat er seine Ecken und Macken, er ist aber nicht gefährdet. Ich glaube die Figur des Studer kommt vielen Lesers entgegen: einer, der nicht strafend oder zynisch ist, sondern eine ruhige Art hat, sich hinsetzt oder »abhockt«, wie der Schweizer sagt; der seinen Zigarillo, seine »Brissago« raucht, den Leuten zuhört und sich dann seine eigenen Gedanken macht; der sich auch reibt an all dem, an dem sich auch Glauser gerieben hat. In *Matto regiert* gibt es eine Stelle, wo Studer mit dem Psychiater aneinandergerät: Was kann die Psychoanalyse leisten? Was nützt es, einen Menschen so aufzubrechen, dass er alles preisgibt? Das sind Themen, die Glauser immer angetrieben haben. Diese Fragen sind es, die auch heutige Leute noch beschäftigen.

Das Interview wurde geführt von Ludger Menke im März 2008 für *krimiblog.de.*

Wer Glauser liebt, liest den echten Glauser!

Die Wachtmeister-Studer-Romane

Der Chinese · Die Fieberkurve · Matto regiert · Schlumpf Erwin Mord (Wachtmeister Studer) · Die Speiche (Krock & Co.) · Der Tee der drei alten Damen

»An Glauser kommt kein Krimifreund vorbei, ebensowenig wie an Studer, seinem knorrigen Fahnder.« *Peter Zeindler*

»Zwei, drei Striche genügen Glauser, das Innerste seiner Figuren herauszukehren. Ein unglaublicher Reichtum!« *Saarbrücker Zeitung*

Das erzählerische Werk

Mattos Puppentheater (1915–1929) · Der alte Zauberer (1930–1933) · König Zucker (1934–1936) · Gesprungenes Glas (1937–1938)

Friedrich Glauser wurde bekannt durch seine Kriminalromane, aber das eigentliche Zentrum seines Schaffens sah er in den Erzählungen und Novellen. Der Reichtum der Themen und Gattungen ist enorm und lässt Glausers Entwicklung und schriftstellerische Physiognomie in neuem Licht erscheinen.

»Die kenntnisreiche Edition beeindruckt. Der neue, alte Glauser begeistert.« *ORF*

Gourrama

Glausers Roman über die Fremdenlegion schildert einen entlegenen Militärposten im südlichen Marokko und geht keiner geringeren Frage nach als der, was der Mensch ist und was ihn umtreibt.

»Ich würde immer noch behaupten, es sei der beste Roman, der in der Schweiz in diesem Jahrhundert geschrieben wurde.« *Peter Bichsel*

Bücher fürs Handgepäck
Reise nach Kreta (UT 472)
Reise in die Sahara (UT 471)
Reise nach Island (UT 470)
Reise nach Japan (UT 469)
Reise nach Myanmar (UT 443)
Reise ins Tessin (UT 442)
Reise nach Mexiko (UT 441)
Reise in die Provence (UT 440)
Reise nach Ägypten (UT 439)
Reise nach China (UT 438)
Reise nach Indien (UT 423)
Reise nach Marokko (UT 422)
Reise in den Himalaya (UT 421)
Reise in die Schweiz (UT 420)
Reise nach Bali (UT 401)
Reise nach Thailand (UT 400)

Manjushree Thapa Geheime Wahlen (UT 468)
Hannelore Cayre Der Lumpenadvokat (UT 467)
Frank Göhre Mo (UT 466)
Manfred Wieninger Rostige Flügel (UT 465)
Nagib Machfus Das Buch der Träume (UT 464)
Driss Chraïbi Die Zivilisation, Mutter! (UT 463)
Jean-Claude Izzo Die Marseille-Trilogie (UT 462)
Chester Himes Harlem-Romane (UT 461)
Petra Ivanov Fremde Hände (UT 460)
Pham Thi Hoai Sonntagsmenü (UT 459)
Claudia Piñeiro Ganz die Deine (UT 458)
Wladimir Arsenjew Der Taigajäger Dersu Usala (UT 457)
Ignacio Aldecoa Gran Sol (UT 456)
Zhang Jie Abschied von der Mutter (UT 455)
Mo Yan Die Knoblauchrevolte (UT 454)
Nagib Machfus Radubis (UT 453)
Juri Rytchëu Polarfeuer (UT 452)
Alain Gresh Israel–Palästina (UT 451)
Pablo De Santis Die sechste Laterne (UT 450)
Bill Moody Moulin Rouge, Las Vegas (UT 449)
Zakes Mda Der Walrufer (UT 448)
Masako Togawa Schwestern der Nacht (UT 447)
Kamala Markandaya Nektar in einem Sieb (UT 446)
Salim Alafenisch Die Feuerprobe (UT 445)
Bruno Morchio Kalter Wind in Genua (UT 444)
Murathan Mungan Palast des Ostens (UT 437)
Hasan Ali Toptaş Die Schattenlosen (UT 436)
Tevfik Turan (Hg.) Von Istanbul nach Hakkâri. Eine Rundreise in Geschichten (UT 435)
Ahmet Ümit Nacht und Nebel (UT 434)
Nury Vittachi Shanghai Dinner (UT 431)
Galsan Tschinag Auf der großen blauen Straße (UT 430)
Juri Rytchëu Gold der Tundra (UT 429)
Alan Duff Warriors (UT 428)
Tschingis Aitmatow Der Schneeleopard (UT 427)
Tschingis Aitmatow Der Junge und das Meer (UT 426)
Michel Vieuchange Smara – Verbotene Stadt (UT 425)
Michelle de Kretser Der Fall Hamilton (UT 424)
Álvaro Mutis Die letzte Fahrt des Tramp Steamer (UT 419)
Tschingis Aitmatow Aug in Auge (UT 418)
Gabriel Trujillo Muñoz Tijuana Blues (UT 417)

Pendragon Verlag

Frank Göhre

Zappas letzter Hit

240 Seiten, Paperback, € 9.90

ISBN 978-3-86532-050-6

Der St. Pauli Killer »Zappa« hat seine Frau uns sich in der Haftzelle getötet. Die spektakuläre Tat ist längst Geschichte. Doch Zappas Tochter kann das damalige Geschehen nicht vergessen. Sie glaubt, dass ihr Vater Opfer eines Verrats geworden ist. Sie will ihn rächen.

»Zappa«, ein berüchtigter Auftragskiller (Hitman), wusste wesentlich mehr, als er ausgesagt hat. Dieses Wissen wird zu seinem letzten Hit - die Spur führt zu den wahren Tätern. Aber sie sind nicht die Einzigen, die im expandierenden Hamburg in die Enge getrieben und ausgeschaltet werden sollen.

»Frank Göhre setzt gekonnt seine Trilogie über den Hamburger Kiez fort. Formal ungewöhnlich verknüpft er Lokalkolorit und Zeitgeschehen mit der Krimihandlung.« *Welt am Sonntag*